自由気ままな伯爵令嬢は、
腹黒王子にやたらと攻められています

人物紹介
CHARACTERS
アンドリュー・
ジュード・ハインリヒ
王国の王太子。
丁寧な口調と爽やかな笑顔だが
じつはSっ気がある腹黒王子。
フロンティアに積極的な
アプローチをかける。
フロンティア・
ロードウェスター
大らかでフットワークが軽く、
活動的な性格。
前世の記憶と魔法で領地を盛り上げ、
姉関連も含め王太子に
興味を持たれてしまう。
シュクリュ
犬っぽいモフモフの動物。
フロンティアに懐く。
与えられる食べ物に対して
よくよだれを垂らす。
カブ隊長
丸く白いボディーに青々とした葉を持つ。
最初に立派な足と手が生えたカブ。

ラシェル・ウィンナイト
アンドリューの友人、
遊び人でチャラいが
女性嫌い。
リヤーフ・シュタイン
ロードウェスター家に
出入りする
シュタイン商会の三男坊。
オズワルド・ハートネット
アンドリューの友人兼護衛で
シルヴィアの婚約者。
シルヴィア・
ロードウェスター
フロンティアの姉。
真面目だが
天然でマイペース。

プロローグ　王子に猛攻を受けてます

「わぁぁぁ、こんなところで何をしようとしてるんですか!?」

「何って、そのままだけど」

私はほいほいと甘言につられて、こんなところまでついて来てしまったことを後悔していた。きゃあーなんて可愛らしい声を上げるでもなく、ぐぬぬぬっとこれ以上距離を詰められてなるものかと目の前の男の胸を押す。

こちらの必死の抵抗を歯牙にもかけず、余裕を見せつけるかのごとく麗しげに、ふっと笑う。その姿が気障ったらしく映らないのは、持って生まれた品格と美貌のおかげなのだろう。

目の前にいるのは金髪碧眼のまさに絵本に出てくるようなザ・プリンスという姿の青年だ。実際王子なのだが、そんなことはどうでもいい。

そんなに強い力で掴まれているわけではないのに、ぴくとも動けないこの体勢。

「ティア。ほら、こっち見て」

ついっと顎を掴まれ上を向かされる。するりと長い指で口の形を確認するようになぞられ、私の唇はふるりと震えた。

意味深な行動に早鐘を打つ心臓を押さえつつ、はわわわと口を開けた。

前世の記憶がある私は、その当時していた乙女ゲームの攻略対象者である王太子殿下に現在攻められていた。

しかも、私はゲームに登場するモブの妹。まったくゲームに関係しない人物だ。なのに、目の前の王子は私が愛しいのだとじっと見つめてくる。

人差し指と親指でふにゅっと唇を摘まれて指の先が歯列に当たった。慌てて口を閉じようとするとわざと触れてくる。

器用な王子は小指でキスがしやすいように私の顎を持ち上げると、にこりと微笑み顔を近づけてきた。

どこまでも透き通るような空色の瞳が私を映し出し、こんなときなのにやっぱり綺麗だなと見惚れていると、こつんと額がぶつかり思わず気恥ずかしくなってぎゅっと目を閉じた。

プラチナブロンドの髪がさらりと私の横顔に触れ、ふわりと唇が重なる。

何度かされたそれはまったく慣れる気がしない。なによりここが外で、いつ誰に見られるかわからないためさらに恥ずかしさが増す。

思わず息を止めると、触れ合った唇を離した目の前の王子はくすりと微笑んで私の首に顔を寄せるとぺろりと舌を這わせた。

ぬるりと熱い感触に思わず手で首を押さえたけれど、その指もぱくりと食べられ、ちゅうっと吸われてしまう。

「んっ」

じっとこちらを見つめながら指を舐められるなんて恥ずかしすぎる。

触れられたところから火が出るほど熱くなった。

「わっ、……ちょ、殿下」

「何、ティア？」

本来なら気軽に話しかけられる相手ではないのだが、今更だ。

色とりどりの花で彩られた庭園と澄み渡った青空。

とても爽やかなこの場所で、ひとり甘ったるい空気を醸し出し、なんで止めるんだとばかりに眉根を上げる不埒な王子。

色気ダダ漏れで私に迫るこの王子の評判は、整った容姿を持ち歴代の王族に引けを取らず優秀で品行方正と評判な方のはずなんだけど……

「そのっ」

まごついている間に、ちゅうっともう一度キスをされる。

「ティア。ほら、もっと」

「アンドリュー殿下……ふわっ」

不埒な王子の舌が、するすると私の舌に絡まってくる。

「声、かわいっ。戸惑っているのもそそる」

「そそっ、……んんっ、……はなし、は？」

話す隙も与えてもらえない。キスの合間に口内をぐるりと舌で撫でさすられて、息も絶え絶えだ。こういうときっていつ呼吸すればいいのかわからないし、王子の猛攻に押されっぱなしでろくに意思を主張できない。

「ん？　話も大事だけど少しでも俺を刻みつけたくて」

「外、なんですが？」

「わかっているが、二人きりだから問題ないだろう」

笑みを深め、にぃっこり笑顔のアンドリュー。

隠れ俺様めっ！　見て、このいい天気。こんな中でやたら攻められる身にもなってほしい。

私は顔が熱くなりながらも文句を言おうとしたが、くすぐるように舌を這わされてはくはくと口を動かすことしかできなかった。

ふっと余裕の笑顔で、じっと私を見つめる王子が恨めしい。

再びアンドリューは覆い被さってくると、今度は私の耳を食《は》み、ぞくりと甘い声を落とす。

「ティアは俺を感じていたらいい」

「んんぅーっ」

なに、そのエロボイス。言葉にそそのかされるようにぶるりと私の身体が震えた。

顔面もだが、声もいい。

なにより、青の双眸が熱情を孕み、私だけを見つめてくることにきゅうっと胸が高鳴る。強引なことをされているのに、本気で腕を振り解こうと思えない。俺様だけど、優しくて頼りになるこの王子を意識しないではいられない。

気持ち良くて、思わず王子の舌を追いかけるように吸い上げた。

「……ティア、上手。だけど普段の反応は初心《うぶ》なのに、その反応はちょっと気になるな。まさか経験があるはずないよな？　今も外のことばかり気にしているし、余裕がないように見えて実は余裕ある？」

いや、そこ？　変なところで疑いの目を向けられてむっとする。

普通にキスにドキドキしていますけど？　外だから周りを気にするに決まっているし、こんなことをしてくるのはアンドリューしかいない。

そもそも、慣れさせたのは誰だという話だ。

「ティア」

反応のない私に焦れたのか、王子が笑いながらも声を潜めて先を促す。

ついでに、反対の耳をかじっと噛んでいく。手を抜くことを知らないらしい。

「は、はじめてっ、殿下しか知らないし余裕なんてない、です」

「そのわりには慣れてる？」

だから、さっきからその余計な嫌疑をかけてくるのはなんなのか。

本気でそう思っているわけではないだろうけれど、散々私を振り回す目の前の王子に言われるのは面白くない。

「慣れてないいっ、です。本とかでどうするか知ってる、だけ」

「ああー、なるほど。ティアの知識の幅には恐れ入るが、こっちの勉強は俺としような」

声だけで、その瞳に見つめられるだけでドキドキする。

アンドリューは満足したように微笑み、私の唇を親指でなぞると、そのままぐいっと指を口に突き入れてきた。

舐めろ、とばかりに舌の上にこすりつけ、今度は人差し指も突き入れて私の小さな舌を引っ張り、こねくり回す。

「ひっ、んんーっ」

たかが指。だけど、アンドリューにされていると思うとおかしな気分になってくる。私はもうわけもわからず首を振った。

王子の話や「こっちの勉強」なんてとんでもないことを言われているとわかるのだが、意味を理解する余裕がない。

ようやく外れた指に安堵してふはっと息を吸う。その途中にさえ唇を深く奪われた。

「んっ、んんっ」

苦しげな声を喉の奥で上げるも、容赦なく蹂躙される。

キスはこれまでに散々されてきたので、こういうときはどうすればいいのかはわかっている。

私は溢れ落とされる唾液をこくりと飲み込んだ。

「ティア。いい子。大きく口開けて」

まだするの？

そうは思うが抗えずに口を開くと、さらにぐいっと舌が押し入ってきた。耐え切れず王子にしがみつくと、じゅるっと唾液を吸いながら追い上げられる。

「んんんっ……」

ようやく解放され乱した息を整えていると、私のとろけきった様子に目を細めた王子が、ちゅ、ちゅっと頬にキスをしてくる。

完全に王子に身体を預け、されるがまま甘えたように王子に寄りかかり、ようやく息が整ったところで久しぶりに目の前の景色が脳へと届く。

「ティア、可愛いな。もっと奪っても？」

それと同時に、首筋に浮いた汗をぺろりと舐められて、一気に恥ずかしさがこみ上げてきた。

――うわぁぁ、ここ、外なんですけどー。初心者にはハードル高すぎない？　これ以上は心臓が壊れてしまう。

「おいっ」

私は羞恥で顔から湯気が出そうになりながら、王子を渾身の力で突き放した。

「何、するんですかーっ！」

「何って、キスだな」

突き放したつもりだったのに、実際には王子の身体は軽く傾いただけですぐに姿勢を戻した。

にっと笑むと入れていた指をぺろりと見せつけるように舐め上げる。

「ひぇ、キスにしては、しつこっ、えっと、急というか」

「ティアが目の前にいたらいろいろしたくなる」

「いろいろ……」

悠々と微笑み、つつつつっと私の唾液で濡れた指で頬を撫でられてあわあわと慌てふためいた。

「散々俺にいろいろされてきたのに、いつまでも初心《うぶ》な反応をするところにもそそられる。年頃の男の欲をなめるなよ」

「ひやぁっ。……真面目な顔で言われてもちっとも心に響きません」

いや、欲をなめるなって、そんな堂々と宣言されても困ります。まったくもって響きませんから！

この国の王子ともあろう人が、何を言っているのだろうか。

「響かなくても男の本能はそんなものだ。それに俺は心から欲しいと思ったものは全力で取りに行く主義なんだ。覚悟しろ」

「む」

「む？」

「無理ですぅぅ～っ」

命令口調がとても似合う、意思の強さが宿った瞳。その瞳に正面から見つめられてうっかりときめきそうになった。危ない。

でも、無理。私、知っているんだから。

愛を免罪符に、今みたいにどこでもお構いなく盛って本気になったあなたの相手が羞恥まみれに

なるってことを！

好きなことと受け入れることはまた別ものだ。

アンドリューがさらに顔を近づけ、手が思わぬところに伸びてこようとした。

これ以上はもう心臓が爆発しそうだ。じっとしていられない。

私は渾身の力を振り絞り今度こそ押しのけ、王子のもとから全力で逃げ出した。

第一章　前世の記憶と乙女ゲーム

私、フロンティア・ロードウェスターは、国の北部に位置する小さな領地を所有する伯爵家の次女として生まれた。

爵位のある貴族といえども財政は決して豊かではない。はっきり言えば貧乏で、地産地消でなんとかやりくりをしている慎ましやかな家柄だ。

のほほんとした両親のもとで、二つ上の穏やかでしっかり者の姉とともに、決して贅沢はできないが最低限の貴族としての礼儀を学び、あとはのびのびと過ごしていた。

気候のせいか、土壌のせいか、よく食卓に並ぶ野菜があまり美味しくないことが少し不満だったが、食べられないこともないしそういうものだと思っていたので気にもしていなかった。

そんなある日、私はふと前世の記憶を思い出した。

物語でよくあるような頭をぶつけたなどではなく、ある日、ふとそうだったなってくらいに突然あっけなく。

「うわぁ。思い出し方、かるっ」

思わず自分で突っ込んでしまうくらいさらりと思い出し、私はわけもなく天井を見つめた。

一気に押し寄せる記憶は脳内に混乱を呼び起こしたけれど、周囲に気づかれることもなく少しずつ情報を整理して、あっという間に受け入れた。

転生したとしても、今はフロンティアとして生きている。私にとって、記憶はただの記憶だった。

流れてくる情報も大抵はそうだったなぁくらいの懐かしい思い出ばかりだったが、その中に少しだけ受け流せないことがあった。

正確には妙に納得したことと、気になることの二点のみ。

前世を思い出してそれだけというのもいささか情緒がないかもしれないが、終わってしまった人生だと理解しているし、特にやり残したこともない平凡な大学生だったので、現実としてはこんなものだ。

そんな私が気になることは、見過ごすには大事《おおごと》だった。

「うわぁぁ、そんなことあるんだぁ」

その可能性に気づいたとき、思わず頭を抱え込んでしまうほど考え込んでしまったが、次第に少しずつ頬が熱くなる。

いろいろ思い出した上にはしたなく妄想してしまい、とうとう堪えきれず「うわぁぁぁっ」と興奮の声を上げた。火照《ほて》った頬が熱くて、ぱたぱたと手で扇ぐ。

その情報は、当時十三歳の私には刺激が強すぎた。

「ここって、乙女ゲームの世界であってる？」

しかもだ。前世でよくしていた大人向け乙女ゲームの世界である。

それに気づき、思わず、うわぁぁなんて巻き込まれた主役級の反応をしてしまったけれど、よくよく考えるまでもなく、私の生きる世界にはまったく関係がなかった。

「いいのか悪いのか……」

そのゲームは『愛欲に濡れて～愛するあなたをとろとろに～』というタイトルで、何色に染まりたい？　と煽《あお》り文句が書かれ、愛のバロメーターが上がれば上がるほど、とろとろに愛されるという内容だ。

攻略対象者によっては、場所など関係なくとろとろのどろどろに愛でられる。

愛あるエロが大好物だったので、大学生になって速攻購入しやり込んだ。

勉強の息抜きになんて言いながら、がっつり嵌っていた。もう、好みのイラストにドストライクの声は萌えに萌えた。

魅惑ボイスに攻略対象者たちのさまざまな攻め具合と性癖のバリエーションは、本当にうっとりするほど良かった。はぁ～……、今思い出しても、楽しすぎる時間だった。

こほん。何が言いたいかというと、総じてこのゲームは乙女の欲求を刺激し満足させてくれる内容だったということだ。

乙女ゲームの世界である学園を覗いてみたい気持ちは大いにあるが、ヒロインや攻略対象者たちとそもそも学園に行く時期は被らない。

つまり、彼らの性格や性癖がどうとか、シナリオ通りかどうかもわからない。

「オズワルド様、見てみたかったんだけどなぁ～。溺愛系絶倫。攻略対象者の中でダントツの美貌と銀髪。すっごい色気あるし、愛してる人以外には冷たい仕様とかすっごくいい！　あと、外せないのはやっぱりアンドリュー殿下かな。爽やか完璧王子は実は腹黒俺様なんてギャップが良かったし。どこでも攻めてくるのとかすっごく良かった〜」

思い出すと、きゃっと頬がまた熱くなる。

ただ、画面越しで見ている分にはいいけれど、実際そんなところを覗き見たいかと聞かれれば、否。

その攻め方がゲーム仕様なのかはわからないが、それぞれ癖が強すぎてどれだけ魅惑的な人物でも、実際の相手としてはごめんこうむりたい人たちばかりである。

どちらにせよ、前世の乙女ゲーム情報を思い出したところで、私にはまったく関係ないということを理解した。

「それよりも、こっちのほうが私にとって問題かもっ！」

バンッと部屋の扉を開け、姉のシルヴィアのもとへと駆け出した。

廊下を駆けノックもせずに白い扉を開けると、窓辺に近い椅子に座りゆったりと本を読んでいた姉のシルヴィアが、驚いたように目を丸くしてこちらを見た。

姉は私の無作法を気にもせず、私が乱した息をふぅっと整える姿を目にして、ふふっと笑う。

「ティアったら、今度は何かしら？」

「ヴィア姉さま、私、思い出したんです」

「また唐突だけど、そんなに慌ててとってても大事なことなのね」

「そうなんです！」

こくこくと頷き、座るように促された姉の前の椅子に腰掛けた。

姉はそれと同時にすくりと立って、お湯の入ったポットに魔法をかけて温める。

貧乏な我が伯爵家は使用人も少なく、その分一人当たりの仕事量も多い。そのため、些細なことで呼びつけるのは忍びないと、魔法の使用に長けた姉自らがカップも温めて紅茶を注いでくれた。

「これでも飲んで落ちついて」

「ありがとうございます」

ふわり、と甘くて爽やかな香りが鼻をくすぐる。香りだけでリラックスできるいい匂いだ。

一口含み、ほぅっと息を吐き出し、勧められるままにナッツ入りクッキーにも手をつけた。

キャラメル色の髪を今はひとつにくくって横に流した二つ上の姉の姿は、妹の自分から見ても洗練されている。

姉の瞳の色はエメラルド、私の瞳は緑は緑でも黄色がかっている。二人ともぱっちり二重だ。くるんとカールした長い睫毛に縁取られた目の形など似ていると思うし、同じキャラメル色の髪なのだが、姉よりふわふわした柔らかい毛のせいで猫っぽいと言われることもあった。

シミひとつない白い肌にほどよい高さの鼻、ピンクの健康そうな唇と一つひとつのパーツは似ているのに、与える印象が違うロードウェスター家の姉妹は、非常に仲がいいことでもよく知られていた。

ほんわかとし、落ちついた雰囲気の姉に比べ、私はよく動き明るく元気だと周囲に言われる。

私が落ちついたのを見計らって「それでどうしたの？」と、にこっと笑った姉が軽く首を傾げる。

いつもどんな話でもバカにせず聞いてくれる、落ちついた優しい姉を見て、ヴィア姉さま、めっちゃ好きだぁー、と姉が大好きな私は心の中で叫ぶ。

姉さまの安穏な学園生活は守ってみせるわと、私は意気込んだ。

「ヴィア姉さまは、学園の噴水の中に教科書が落ちてるのを見つけ、教科書がなくなって困っているヒロインと揉める悪役令嬢たちに教科書があったと告げるモブだったんです」

「悪役令嬢？　モブ？　どういうこと？」

唐突な話に、姉はいつものことだと特に気にした様子もなく疑問のみを口にする。

私は前のめりで、姉に話しかけた。

「この前に前世の記憶を思い出したって言っていたでしょう？　それでその記憶を整理し終えて今日また新たに大事なことを思い出したんです」

「大事なこと。……それで悪役令嬢やモブというのは何？」

「悪役令嬢は主人公に意地悪をする令嬢で、モブは物語にいてもいなくても構わないその他大勢の一人のことです。そして、姉さまはそこでセリフ一言を告げる役割があるモブだったんです」

そうなのだ。そもそも、なぜ物語に関係がないのにここが乙女ゲームの世界だとわかったかというと、姉の容姿に覚えがあったからだ。

どのルートでも、必ずヒロインが教科書をなくすイベントで出てくる、セリフ一言のみの令嬢。

落ちついた様子で事実を指摘する。

たったそれだけの登場で名前も何もない人物だったけれど、知的で上品な感じがすごく目を惹いたので覚えていた。

自分が攻略しておいてなんだが、すぐに攻略対象者に絆されぐずぐずにされるヒロインより、何度もプレイするなかで彼女の凛とした姿が好きになり、一場面でも登場を楽しみにしていたほどだった。

天真爛漫と言えば聞こえはいいが、攻略以外は主人公補正で大して努力もしていないヒロインよりは、推しのオズワルドと彼女のほうが似合うとさえ思っていた。

ゲームのやりすぎと受験が終わっても続く勉強で、ちょっと捻くれていたなって今では思う。

瞬きを繰り返しなんとか私の話を理解しようと努める姉に、モブとは成り代わることができる人物であり、その人でなくてもいいけれど、ヴィア姉さまはセリフがあるモブだから、ゲームのシナリオ通りに進むとしたらそのときばかりは強制力で関わる可能性があると説明した。

姉は半信半疑といった感じであったけれど真面目に聞いてくれたし、簡単なヒロインにまつわる話の流れも付け加える。

姉はこれでヒロイン登場とともに混乱する学園に耐性もつくし、心づもりもできてさらっと流すことも可能だろう。

「わかったわ。うーん、そうねぇ、正直あまりよくはわからないけれど、そういう場面に出くわしたらやることやって終わったらいいのね」

「そうです」

ヒロインの行動に貴族令嬢として意味がわからないと首を傾げていたが、攻略対象者の特徴とついでに性癖もたくさん語ったので、姉はドン引きしながらも自分の立ち位置を理解したようだ。

「ずいぶん、変わったお話だったけれど、そうなったらそうなったときですものね。ただね、ティア」

そこで姉は目を細めて、私を見つめた。

なんとなく居心地が悪くなり姿勢を正す。

はぁっ、と小さく息を吐き出した姉が困ったように眉を寄せ口を開いた。

「そういった人様のせ、せっ……」

「ヴィア姉さま、そこは愛で方です」

性癖と口に出せずに口ごもる姉に、これ幸いと可愛らしい言い方に変えてみる。そうすると、自分の萌え具合も可愛らしく感じるから言葉って大事だ。

「そうね。愛で方……、愛で方？　んんっ、その愛で方が本当だったとしてもあまりあれこれ語るものではないと思うの」

「うっ、ごめんなさい」

絶倫や外でもかまわずエッチなことをされたり、二人攻めや定番の女嫌いの遊び人などと、やっぱり貴族令嬢のうら若き乙女が話すにはいただけない内容だったようだ。

どうしても好きなものを語ると興奮して周りが見えなくなるのは、前世でもフロンティアになってからも変わらない。

「でも、ヴィア姉さま。愛がある上で欲しがられたり、攻められたりするのって、すごく満たされると思うんです。そういうゲームだったんです。実際がどうとかではなくて、もしかしたら違う可能性だってあるけど、強引なところとかきゅんってするし、むしろエロ特化しだすとそれだけ愛されてるのかなって感じて幸せな気持ちになるんです」

「え、ろ、って。ティア！」

動揺する姉も可愛いが、私の口は止まらない。

「だって、王子とかすっごい攻めてくるんですよ。ぐいぐいです！　噂では品行方正で素晴らしい王太子殿下らしいですけど、親しき相手には言葉が崩れたり俺様全開だったり、そこがギャップ萌えで」

「…………ティア。お口にチャックしましょうか」

少し顔を赤くしながら、姉がしっと人差し指を唇に持っていき、静かに、静かに言った。

——何その動作⁉

本当に二歳しか変わらないのだろうかというくらい、姉のシルヴィアは普段から落ちついているけど、頬は照れたようにピンクに染まっている。

少し黙ろうかとばかりにきっと睨んでくる目元は少し潤んでいる。

年相応に恥ずかしいのだろうなと思うとこっちまで少し照れる。

——セリフ一言令嬢だなんてもったいないくらい、ヴィア姉さま可愛い‼

叱られているけれど今日もモブは麗しいと密かに悶え、自重は無理だとさらに熱が入りあれこれ語ってしまった。

しばらくして姉の反応がないとようやく気づき、意気揚々と語っていた口を閉じた。

目の前の姉はきゅっと口を引き結んで、深緑を思わせる双眸でじっと私を見ていた。

あっ、これは本気で怒られるかも。

表情を改めて、ぺこっと頭を下げる。

「興奮してしまってごめんなさい」

「興奮もそうだけど、問題なのは内容です」

「それは、えっと」

一応、私もこれでも話す内容は考えている。

下手に人様の人生に関与してしまうような情報を垂れ流す気はないから、散々やりこんで萌えまくった場面、平たく言えばエロの部分は遠慮なく語れるので熱くなりすぎてしまったようだ。

今後は自重しよう…………

ああぁ～～～っ、やっぱり無理！　話すのは楽しすぎる。

一度話したら二度も三度も一緒だし、今後も姉に聞いてもらおうと思いながら、これだけは絶対言っておきたいと姉の手を掴み懇願した。

「ティア……」

呆れたように名前を呼ばれたが、私はひたと姉を見つめた。むくむくと膨れ上がった欲望は抑えきれない。

前世の大好きな乙女ゲームの世界に転生したと知って、せっかく情報を知る機会があるというのにそれをお願いしないとかありえない。

必殺。うるうるの瞳《め》。ヴィア姉さま、神さま、よろしくお願いします！

ぎゅぎゅっと姉の白魚のような手を握りしめ、実際興奮で潤んだ瞳で姉を見上げる。

「もし攻略対象者たちと話す機会があったら、いえ、なくても、ぜひどんな方たちなのか教えてくださいね」

「気軽に言葉を交わせない高貴な方たちばかりですよ」

「それはわかっています。でも、一緒の空間にいるだけでも少しは情報が入りますよね？　少なくとも私はこれからも会う予定のない人たちばかりで、ゲームと同じ性格かどうかは確認できません。ここが類似した世界だとわかっていても、いったいどこまで同じなのか、すっごく気になります。こんなこと、同じクラスになるヴィア姉さまにしか頼めません」

「といってもねぇ」

「姉さま、お願いします！　特にオズワルド様の情報。私の前世の推しだったんです。えっと、推しって好きってことです。オズワルド様は身分だけでなく、驚くほどの美貌の持ち主で知的クールビューティ枠、溺愛系絶倫だったの。すっごく愛してくれて愛が重くて重くてそれに比例して精力も増すタイプ。愛を貫き通して浮気の心配もないなんて、彼に愛されたら幸せ間違いないし、文系に見せかけて始まったら三日三晩とか体力あるところもすごく美味しい～」

後半は自分でも興奮しすぎたと思うくらい、オズワルドの魅力を伝えるのに閨《ねや》情報ばっかりになってしまった。

簡単にヒロインに落ちず冷静なところとか、ほかにも推すべき要素はあるけれど、大人向けゲームでそっちの愛の伝え方が印象的だったから仕方がない。

それに、姉が一言モブ令嬢だとすぐに気づけたのだから、攻略対象者の彼らも少なくとも容姿と雰囲気はそのままのはずだ。

考えたらよだれが……。あの魅惑ボイスを耳元で聞いてみたい……

「ティア」

溜め息とともに呆れた姉に名を呼ばれたが、欲求は止まらない。

あくまで妄想だから楽しいとわかっている。だからこそ、姉を通して話を聞ける状況はある意味自分にぴったりだと思うわけで。

「ヴィア姉さま。絶対、ぜーったい、オズワルド様の情報多めでお願いします！」

「……はぁ。そんなに好きだと言うなら、ティアが話していたように学園のクラスが一緒になれば報告するわ」

「絶対一緒ですから。あっ、でも好きは好きでも鑑賞対象なので勘違いしないでくださいね。姉さまに無理してほしいとは思っていませんので。なにより、愛という絶倫ぶりが自分に降りかかると思うと裸足で逃げ出すレベルですから。見ている分には美味しいのであって、自分以外の誰かとくっついたらぜひともその溺愛を眺めたいレベルではあるのですけど」

あくまで、客観的に喜ばしいだけであって当事者はごめんこうむりたい。

今のフロンティアとしての生はとっても気に入っている。

ふむふむ、と前世の記憶を思い出しても今が幸せって恵まれていると改めて実感していると、頭が痛いとばかりに額に手をやった姉が苦言を口にする。

「ティアは年齢を考えてものを言わなければいけないわ」

「ごめんなさい」

しおしおとうなだれてみせると、姉は小さく肩を竦めた。

「……もう。ほどほどにするというのなら、可能な範囲でどういうお方かは普段の手紙に書くから。それくらいでいい？」

「はい。もちろんです。ヒロインの行動もできたら書いてください。そちらもどこまでゲームの内容と同じなのかは気になりますので」

「ふふ。わかったわ」

下手したらどうにかしてしまったとか、妄想癖があると思われても仕方がないのに、私が本気で話していると理解して真剣に聞いてくれる姉。彼女はしょうがないわねと柔らかに笑う。

私は嬉しくて姉に抱きついた。

「ヴィア姉さま、ありがとうーっ！！！」

「ティアったら、調子がいいんだから」

困った子ねとばかりに苦笑しながら、ぽんぽんと優しく背を叩いてくれる。

ヴィア姉さまのこういうところがとても好きだ。

穏やかで優しくて、たまに小言も言われるけど私のためであるし、なにより過激な閨《ねや》情報も頻を赤らめながらそういうものと受け止める柔軟性のある思考が素晴らしい。ほかの貴族令嬢はこうはいかないだろう。

信じてくれるだけでなく協力もしてくれるなんて神に違いない。

絶対、絶対、姉には幸せになってもらいたい。

そのためには、やっぱり貴族といえば婚姻による地位の確立や財産は重要で、一生をともにするお相手の性格も良くあってほしい。政略結婚が基本の貴族としては難しいだろうけれど、愛し愛される関係が望ましい。

攻略対象者は皆身分や社交的な外面は良いけれど、閨《ねや》情報を知る身からすればお薦めはできない。姉の器量なら男性にモテそうだけど、いかんせんロードウェスター家が貧乏すぎて候補に上がるお相手はぐっと減ってしまいそうだ。

姉には妥協してほしくないし、せっかく前世の記憶を思い出し、魔法が使える世界だから、よく物語であった前世情報で領地を盛り上げるとかできないものか。

そんなことを考えながら、このときはただただシルヴィアの妹として生まれたこと、この伯爵領で貴族としてのんびり過ごせること、そして前世の大好きな乙女ゲームの情報がほどよい形で手に入ることに私は単純に喜んでいた。

自分を否定しない存在というのは本当に心強く、この先の未来がなんとなく明るく感じた。

まさか三年後、姉が最推しにすごい勢いで囲い込まれ、それに関係して腹黒王子に自分が興味を持たれるなんて、このときの私は考えもしなかった。

◇　◇　◇

前世の記憶を思い出し、あれから二年。

姉のシルヴィアも学園へと旅立ち、定期的にやり取りする手紙で攻略対象者の情報も入ってきた。

私の予想通り攻略対象者は全員揃っていて、推しのオズワルドやこの国の第一王子であるアンドリュー殿下、そしてヒロインとも姉は同じクラスだ。

魔力と学力、そして実技でクラス分けされるので、トップクラスに属する姉はさすがである。

姉の報告による攻略対象者の容姿とクラスメイトとして感じた人柄は、おおむねゲームの基本情報と変わりなかった。

彼らはほとんどが二面性があるのが売りなので、恋愛モードになったらいろいろわかるだろう。

あくまで似た世界であってすべてがゲームそのままだとは思ってはいないが、実際乙女ゲームのようなイベントが繰り広げられているのかもと思うと、誰とどのようにくっつくのか楽しみである。

ゲームのシナリオ通り、ちょこちょこヒロインもやらかしているようだが、姉の周囲は穏やかで気の合う友人もできて楽しく過ごしているようだ。

手紙の最後には、次に帰省するときには王都で人気のパティシエのお菓子を持って帰るわね、と付け加えられていた。

「そろそろ私も成果を出したいなぁ」

この世界は生まれた瞬間から魔力があり、その魔力に脳内でイメージを流し固めると魔法が発動し使うことができる。

十二歳前後で魔力が安定したあと、魔法を練習し習得していくのだが、器用になんでもこなしてぐんぐん上達した姉と違い、私はなかなか適正が見極められなかった。

安定しだしてからすぐに前世の記憶を思い出したせいか、科学で成り立つ前世の影響か、生活魔法を習得するのに苦労した。それでも、一般的にはかなり魔法が使えるほうだ。

ようやく十五歳になり、自然な形で貴族として人並みに魔法を使えるようになった私は、前世の記憶を思い出してからずっとなんとかならないかなと考えていたことに取り組んでいた。

ずばり、野菜の品質改善だ。

はっきり言おう。この世界だからか、この伯爵領だけなのか、野菜が美味しくない。

物心ついてからずっと野菜に対してあまり美味しくないと不満に思っていたのだけれど、周囲は特に気にしていなかったので、そこは空気を読んで黙っていた。

だけど前世の記憶を得て、ここが乙女ゲームの世界であると衝撃を受けると同時に、本来の野菜の美味しさも思い出し、腑に落ちた。

全体的にしなあっと萎びていて、煮込んで味付けする料理はそれなりに食べられるが、サラダなんて鮮度がもろに影響するものはマズイ。うぇっ、とときおり本気で吐き出したくなる。これは大問題だ。

「ずっとずっと地味に料理に違和感とストレスを覚えていたから、すっごく納得したのよね」

前世では田舎暮らしで水も美味しいところで育ったので、自分の家も含めて畑で野菜を作る家が多く、新鮮で美味しい野菜を日常的に食べていた。

ここと比べると甘みが違う、みずみずしさが違う。前世の野菜を思い出すと領地で採れる野菜はやはり美味しいとは言いがたいものだった。

「いつか、甘いトマトとシャキッと音を立ててキュウリをかじりた～い」

もぎたてを冷やして食べたい。そのまま何もつけずに、もしくは塩だけでぱくって食べて美味しいって言いたい。

前世を思い出したことで同じような田舎のくせになぜと、私の中で新鮮な野菜への渇望は大きくなった。

田舎で長閑《のどか》な領地なら、なおさら野菜は美味しくあるべきだ！　と思うわけで、しかも領を管理する貴族の一員であるからには、毎日出る食材をどうにかしたい、できるのではと思うといてもたってもいられなくなった。

物語にある転生チートが自分にあるのか、魔法を使いこなせていないのでまだわからない。けれど、前世の情報を何かに活かせないかと毎日の食生活は死活問題だと真面目に取り組んでいるのだ。

頭の上のほうで髪をくくり、動きやすい簡素な格好にせめて飾りだけでもと大きめのリボンをつけられて、私はてくてくと長閑《のどか》な田舎道を歩いていた。

最近世話をすることが日課となっている、屋敷からほんの少し離れた畑へとたどり着く。簡易的に木の柵で囲った畑の中には土から出た青々とした葉っぱが揺れている。

「ふふふふっ。葉っぱの状態良好。これは期待できるんじゃないかなぁ」

屋敷にも野菜を卸してもらっている農家のゴダールさんに種をもらい、比較的簡単で収穫も早いカブを植えているところだ。

初めの何度かは、これは駄目なやつだとすぐわかるようなしなっとしたものができ、何度も何度も繰り返し土壌を改善。

「ようやくここまで来たわ！」

水やりも真心を込め、心配していたアブラムシのような害虫はなぜか寄ってこなかったので、すくすくと育っていき、間引きも三回終えて本日はいよいよ収穫だ。

葉っぱも立派で根が太って地面にせり上がっているのを見ると、しっかり栄養を蓄えたようで申し分なさそうだ。

さっそくとばかりに、目の前のひとつを抜いてみる。根元をしっかり持ってぐっと力を入れて引っ張った。

ずるりと出てきたカブは、まん丸としていて土で汚れているところを払うと白さが際立ち、見た感じではとても美味しそうだ。

「よっし」

お嬢様にあるまじきガッツポーズをしていると、道のほうからふくよかな女性が姿を現した。

この畑はゴダール夫妻が任されている一角で、その一部を私が使うことを両親に許可をもらっていた。

「フロンティアお嬢様。まあ、早くからおいでになっていたんですね。おはようございます」

「ゴダールさん、おはよう。すごく楽しみだったので。ほら、見てください！」

慌てて手を下ろしてスカートについた土を払い、引っこ抜いたばかりのカブを見せる。

こちらまでやってきたゴダールさんがカブを受け取ると、目を輝かせた。

「まあ、これは見事ですね。ここら辺では見ないくらい立派ですよ。お嬢様は特別な魔法でも使ったのですか？」

「一般的なものしか使っていないですよ。使える魔法も限られているので。今回は間引きのときも順調だったから期待してきたのですけど、ご覧の通り立派なカブができました」

「本当に見事です。これならほかの野菜も期待できますね」

「ある程度は魔法でこの土の状態をキープできると思いますし、この調子でいろいろな野菜を育てたいです。そして、美味しい野菜をヴィアお姉さまや領地のみんなに届けて、そしてゆくゆくは他領に売れるくらいになるのが夢ですから」

「我々農夫にとってもそれは夢ですねぇ。お嬢様には期待しておりますよ」

「頑張るわ」

力強く頷くと、ゴダールさんが「きっとシルヴィアお嬢様も帰ってきたら喜ばれますね」と眩しそうに微笑む。

私が姉を大好きだと知られているので、特産品を作って良いお婿さんに来てもらえれば……なんて思っていることもバレてそうでちょっと恥ずかしい。

抜きごたえのあるカブを、わぁー、きゃー、と喜びながら抜いていくけれど後半は疲れてもくもくと作業した。

「終わった～。ゴダールさんもお疲れ様です」

ふぃーっと額の汗を拭い、腰を伸ばす。若くてもやっぱり中腰はしんどい。作業魔法も何かいいのが見つけられたらいいのにと、ぐっと腰を伸ばしながら思う。

魔法は個人で保有している魔力量にもよるが、努力すれば幅が広がる便利な世界だ。そして、姉もだが私も魔力量は多い。

もしかしたら、虫が寄ってこなかったのは何かしら魔法を発動していた可能性もある。これから学ぶこと、やることがいっぱいだが、できることが増えるのは楽しみでもある。

「ええ。お嬢様もよく頑張られましたね。しんどいだけでなく、これだけの野菜が収穫できたのは本当に喜ばしいことです」

ずらりと並んだカブを見て、互いに顔を見合わせにっこりする。

「やっとスタート地点に立ったって感じだけど」

ここからだ。これまで食いっぱぐれることはなかったけれど、地産地消で他領に売る余裕はないし、売りものにするには品質も良くない。

夏はすぐ傷んでさらに品質が落ち、長距離輸送なんて無理だ。馬車を買うお金も道を整備するお金もないから結局あまり出回らない。かといってほかに特産品があるわけではないので、結局私ができそうだと思ったことが品質改善だった。

自分たちの食事事情の改善を優先しながら、余裕ができれば他領に売っていつかは貧乏脱却に繋がればいいなと密かにもくろんでいる。

そして、姉に素敵な旦那さまを。姉が幸せになったら、自分も素敵な恋愛をしてみたい。

そのための野菜。人間の三大欲求のひとつである食欲を満たすことは、気持ちを豊かにし、余裕も生まれ、きっともっといいことに繋がるはずだ。

せっかく魔法が使えるのだから、必ず豊かにしてみせる。並べられたカブを眺めながら改めて誓った。

第二章　伯爵領の常識と王子とのニアミス

雲ひとつなく広がる青空を見上げ、十六歳になった私は目を細めた。

「姉さま、どうしているかなぁ……」

シルヴィアが学園に入学して一年が経った。乙女ゲームだと二年目に姉のセリフ一言の場面がある。

下手に巻き込まれることなく、無事セリフのみで終わってくれたらいいのだけど、と思いながら王都の方向を眺めた。

それに姉はもうすぐこの国で結婚できる十八歳になる。不埒な男がシルヴィアを狙わないか、とても心配だ。

「ううーん。なんか胸騒ぎがするというか」

前回の姉との手紙のやり取りでもたらされた情報から推察できるヒロインは、どうやら良くないほうに騒動を起こすタイプのようだ。逆ハーレムとか狙って自滅しなければいいのだけど……

ヒロインを心配するより、攻略対象者たちにゲームの強制力が働き、そんなヒロインにエロく構っているとかだったら面白くない。

エッチなのはいいけれど、愛あるエロがいい。本気の想いがあるからこそ、執拗で変態的なエロも活きてくるというもの。だからこそ、受け入れられる（あくまで見守る側としてだが）。

そんな意味のわからない女に惚れるくらいなら、誰とも結ばれないほうがいいし、騒動に姉を巻き込まないでほしい。それに尽きる。

「ヴィア姉さまなら大丈夫、よね」

好きな相手はいないようだし、色恋には徹底的に傍観者だろう。

それこそゲームで登場もしないモブの誰かに言い寄られているかもしれないけれど、きっと気づいていなそうだ。軟派なアピールで靡《なび》くような姉ではないし、ちょっと頑張ったくらいで諦めるような男に姉をあげる気はない。

前世ではオズワルド推しで、もしゲームの登場人物に会えるとしたら誰に会いたいって聞かれたら真っ先に彼を挙げるけれど、誰の幸せを願うかといえば今世はシルヴィア一択だ。

元々モブであったのに好感を持った彼女と一緒に過ごしていくなか、現実の優しい姉を好きになるのは当然だ。ましてや、血が繋がった姉妹。大好きである。

心地よい空気に大きく息を吸い込み、強くなった日差しを遮るように帽子を被りなおして私は畑へと向かう。

薄着の長袖を着て気をつけてはいるけれど、畑に出るようになった私の肌は、白くはあるが貴族の令嬢にしては焼けている。

貴族令嬢としてはマイナス要素だが、こっちのほうが健康的で良いとさえ思っていた。

「あら、また来たの。シュクリュ」

『わふぅ』

大きな返事とともにぶんぶんと尻尾を振るのは、真っ白な犬。あくまで犬みたいな動物であって、犬なのかは最近ちょっと疑問だが、ふかふかもふもふは癒やしだ。

しょっちゅう現れるから、名前がないのも不便だと勝手につけた。

シュクリュが初めて現れたのは、見事なカブが実りだした頃だった。農作業をしていて一息入れようとふと気づいたら背後にいた。

一メートル以上ある大きなもふもふ動物に驚いたが、よだれを垂らし尻尾をぶんぶん振る愛嬌のある姿に絆され、お腹を空かしているのかと持ってきたお弁当のサンドウィッチを与えたことが始まり。

肉を挟んでいるものをやったがまだ物欲しそうに見つめられる。生野菜を食べるのかと疑問に思う前に、その瞳はカブを見つめていたので、差し出したらサンドウィッチよりも嬉しそうに食べた。

あまりにもそればかり欲しがるので、食あたりなどが心配になり文献で調べたりもした。

まれに生物的に好む食べ物よりも魔力を優先して多く取ろうとする個体がいるらしく、どうやらシュクリュは私の魔力が込められているものがとても気に入ったようだ。

野菜は自ら世話をしているから、知らず知らずのうちに私の魔力が多く流れているのかもしれない。頻繁に直接手から食べたがるので、私を気に入っているのは確かだろう。

シュクリュはこの伯爵領に昔からいる犬らしく、代替わりしているのかもわからないまま同じ姿、大きさでずっと存在しているようだ。だけど姿を見かけることはあっても、人の近くに、ましてや懐くように尻尾を振るのも初めてのことだそう。

もしかして魔物の類いなのかもしれないが、その辺は深く考えても仕方がない。悪さをしないのなら、愛すべきもふもふだ。

もともと私は物事を深く考えず、そのとき良ければそれで良しという性格だ。

そこに前世を思い出してから、少々生活魔法で苦労はしたがさらに楽天家になった。

王都から離れた田舎で穏やかに時間が流れ、細かなことを気にしない環境もあり、のびのびと育った自覚はある。

大きくなるにつれてできることが増え、活動範囲が広がり、この世界を知っていくたびに、ぶち当たる前世との常識の違いを気にしていては仕方がなかった。魔法がある世界だからという考えが、多大な影響を及ぼしていた。

もともとの気質のせいか、不思議なことがあっても、なぜとは深く考えない。

そういうものとして、スポンジのように知識や習慣をぐんぐんと柔軟に吸い取っていった。ある意味すごく素直なタイプである。

『わふっ、わふぅっ』

「はいはい。本当に食いしん坊なんだから」

シュクリュは水の入った桶によだれを垂らす勢いで、ご飯を待っている。

この土地にずっといるとか神気を帯びた話だとは思いながら、私にとってシュクリュは食い意地の張った大きいもふもふであり、懐かれて可愛がっているうちにすっかり情は移っていた。

シュクリュがやって来たときのために自ら作ったお弁当を差し出すと、さっそく嬉々としてかぶりつく。

右に左にぶんぶんと振られる尻尾の風に吹かれながら、私は真っ白の毛をわしわしと撫でる。一本一本の毛はつるりとしているのに、ふわっと撫で返してくるような感触は癖になる。

そうやってしばらく毛並みを堪能していると、畑の前に馬車が止まる。

視線を上げると見知った顔の男が手を挙げた。

「フロンティアお嬢様。順調そうですね」

「リヤーフ」

彼はシュタイン商会三男坊。濃い茶色の髪に瞳はどこでも見かける色であるが整った顔立ちをしており、田舎にいるにしては身だしなみも気遣って洒落ている。

その上話し上手で気安い雰囲気もあってとてもモテるらしいが、私にとってそこは大して重要ではない。

リヤーフは領地貧乏脱却のための大事な大事な相棒なのだ。その人気が商売に繋がるのなら大いにモテたらいい。

「シュクリュもしょっちゅう現れているみたいですし、それにここの野菜はとても元気だ」

「ああ〜〜」

そう言って視線を畑へと向けたので、私もつられるようにそちらを見た。

畑に向けた二人の視線の先は、一向に定まらない。

リヤーフに元気と言われたものは、右へ左へ中央へとあっちこっち。

今では畑の範囲も広がり、カブ以外の野菜、人参やピーマン、キュウリやトマトとさまざまな野菜を植えている。

その中で、ひときわ目立つ青々とした葉と白いボディ。なぜなら、それは大きな葉を揺らしながらとことこと歩いているからだ。

よほどのことがない限り、毎日顔を出しているので私にとっては見慣れた光景だが、たまにしか来ないリヤーフからしたらまだ慣れないものなのだろう。

自分たちの視線に気づいたのか、はっ、と振り返ったように見えたカブがぴたりと止まると、そのうちのひとつが足に見える根っこを組んで寝転がった。そして、なぜか足を組み直す。

あとのカブたちは、一列に並びなおすと今度は畑の周囲をマラソンをしだした。前世でいうクラブ活動に精を出す生徒とそれを見守る監督といったところか。ずいぶんと怠慢な監督だが。

どう受け止めていいのかわからない態度に、リヤーフがはっと楽しげに笑いを漏らす。

「ああー、今日も行動原理がわからないが楽しそうだ。前見せていただいたものとは違うんですよね？」

「ええ。それはもう出荷したし。昨日出てきた子たちよ」

「子、ねぇ」

「だって、そうとしか言えないもの。名前をつけるのもね。飽きたらそのうち元に戻るから好きにさせてるの」

動いているといっても食材。いずれ食べるものに名前をつけるのはさすがに気が引ける。好きに動いて気が済んだら普通のカブに戻るとわかったので、動くカブに関しては放ったらかしだ。ここ最近さらに数が増え、活動時間も延びていた。

変化しつつあるが、今のところ不安はない。

管理している畑以外の場所からは出ていかないし、動き終わったら収穫スペースに勝手に行ってくれるのでとっても楽だし、本人たちも美味しく食べてもらえることを望んでいるようなので、私としては何も問題がなかった。

むしろ、動いたカブのほうが美味しいのだ。なら、大いに気の済むまで動いてくれたらいいと思う。

今日初めて活動時間が一日越えをしたカブたち。こうなった理由に思い当たることが少しあったのでしばらく観察を続けているが、ずいぶんと体力？　はありあまっていそうだ。

しげしげと不思議そうにカブたちを眺めているリヤーフを見る。

私の視線に気づくと、リヤーフが口の端を上げ楽しそうに笑った。

その瞳の奥は物の価値を見定めるような鋭さを含み、私を観察している。

期待と値踏みを同時にされ、本来なら貴族令嬢に対して失礼だと抗議すべきところだが、商魂だと思えば頼もしい。

「また、何かとんでもないことを考えていらっしゃいますね？」

「失礼ね。とっても有意義なことよ」

「それは申し訳ありません。フロンティアお嬢様のなさることはこの土地にとって有益なことばかりですからね」

「もうっ！　悪いことしてるみたいじゃない。まあ、いいわ。一日動けるようになったし、この子たち自ら出荷先に行けないかなと思って」

これだけ動けるのだ。行動範囲を広げてみるというのはそんなにおかしくはないし、試してみてもいいはずだ。

「……今、なんておっしゃいました？」

そんな難しいことを言ったわけではないのに、リヤーフがもう一度尋ねてきた。

少しでも意図が伝わるよう、言葉を足してどうしてそう思ったかを説明する。

「せっかく足みたいなものがあってこれだけ走れるんですもの。体力を持て余しているのなら、自ら出荷先に出向いてもらってもいいかなぁって。彼らにお願いして試しにどうなるかついていって判断してみてもいいと思うのだけど」

話しながらも、自らいい考えだとうんうんと頷く。

一日ここで無駄に走り回るより、出荷先に自ら行って勝手に陳列してくれたら素敵だ。美味しい状態で並ぶし、運送料もかからない。

これぞウィンウィンだ。

「………、はぁっ？」

だが、返ってきた反応はここ最近私と行動をともにし、多少お嬢様らしからぬ言動に慣れたはずのリヤーフも驚くことのようだ。

――そんなに変かな？

私は再びカブたちを眺めた。

もし口があったら、おいっちに、さんっしぃ、と掛け声が聞こえてくるような一定のペースで走っているカブを見ると、不可能だとは思えない。

再びリヤーフへと視線を向けると、彼はあからさまに頭が痛いとばかりに額に手をやった。

「どうしたの？　リヤーフ」

「どうしたのって。お嬢様は自分で何を言っているかわかってるんですか？」

「そんなに変なことを言ったかな？」

大げさな反応に首を傾げると、おもむろに大きく息を吐き出された。

「ええ、ええ。言いました。以前も言ったと思いますが、まず野菜が歩くこと自体がおかしいんですからね。いくら私たちが見慣れたといっても、ここ以外で前例はないんです」

「でも、実際歩いているし。今までなかっただけで、そういうことも可能だっただけでしょ？」

おかしいと言われても、実際動いているのだからこれが現実だ。

「確かに。……って、どれだけの偉業を成し遂げているのかわかってますか？」

「すごいことっていうのはわかってるわ。だって、自ら時期になったら出てきてくれるんだから。それにすっごく美味しいし。だから、リヤーフのところに協力求めたんじゃない」

最初に歩き出したのを見たときの衝撃は忘れない。それからぽこぽこと歩き出したので、驚いて見ているだけではもったいないといろいろ考えた結果、リヤーフに話を持っていったのだ。

「そうなんですけど。そうなんですけど、そうじゃないんです！」

「どっちなの？　私もわかってるわよ。何事も前例がなければ忌避の対象にだってなり得るって。だから、慎重に見極めながら行動してるつもりだし」

魔法はなんでもありだと思っている私は、野菜が歩くこと自体が変わっていると認識していても、それがどれほどすごいことなのか、基準を知らないのでわからない。

不思議だけれど魔法がある世界だから、で納得していた。

ただ、今は環境が整っていないため、隠しはしないが吹聴するものでもないとうすうす感じていた。

何事も最初の動き方やアピールの仕方で周囲の見る目は変わってくる。前世で同じ発言をしたとしても、人やタイミング次第で叩かれたり賞賛されたりと人の手のひら返しは日常茶飯事だった。

だから、欲を出しすぎず、見極めながらやっていこうと意識はしているつもりだ。

そのために、北部で勢いのあるシュタイン商家を味方につけたのだ。

なにせうちは貧乏伯爵家。下手に目立つようなことはしてはいけないし、かといってこのままだと困窮するだけだ。だから、何事も少しずつ、少しずつ。それを念頭に動いている。その上で、次の段階に来たと思ったからこそ提案しているつもりだ。

――動く野菜があるなら、その野菜が自ら出荷しにいくなんてすっごくいい考えよね。

見ているほうも和むし、成功して領の名物になったら夢があっていい。

自分が美味しいものを食べたいから始めたことでも、伯爵領の未来を思うと次から次へと願いは止まらない。

「きっと成功すると思うの。成功させたい」

「もちろん、俺もそうなることを願ってますが」

「だったら、何も問題ないじゃない」

相棒でしょっとリヤーフの腕をぽんと叩いてにっこりと笑った。

希望も含め、考えた上で悪いことはしていないし、いいことばかりなのだからこのまま突き進もうと決めてしまっているだけ。

当然、リヤーフにも力を借り、頑張ってもらうことになるが、彼ら商家も利益を得るのだから最終的には納得する取引になるはずだ。

自分が楽観的なタイプだと自覚はしているけれど、考えた上で最善だと思うことをする、できるのならすべきという考えは変わらない。

この北部の領土でわかりやすく財源を潤すとしたら、辺境伯のように頻繁に出る魔物を仕留めその素材で儲けるか、所有する鉱山で新たな鉱石が取れることしか望めない。

ここの土地は魔物も現れないので平和であるし、鉱山なんて大それたものは持っていない。持っていたとしても、発掘には利権が絡んだりして弱小伯爵家ではすぐに絡め取られるだけだろう。

自分たちのしていることは、今までと変わりない農業。まっとうに領民たちが力を合わせて農作業をしているだけ。今ではたくさんの収穫ができるようになったからといって、特別な栽培方法をしているわけではない。

何かが反応してたまたまうまく結果がついてきただけだ。

技術が盗まれるわけでもないし、食べたら元気になれるものを作っているだけ。

そう。だけ、である。結果、動く野菜ができたけど、食べられる野菜だし。

——うん。やっぱり何も問題なしっ！

その考えのもと、あーうーっと唸っているリヤーフの返事を待つことなく、私は寝そべる監督カブに交渉しに向かった。

◇　◇　◇

わっしょーい。私は盛大に喜んだ。

検証の結果は非常に満足いくもので、ときおり、監督カブみたいな個性あるカブが生まれるが、まったく問題なく生産量を上げていた。

今では、ロードウェスター領では野菜に足があるのは常識で、自ら出荷されに歩く健気な野菜は大人気だ。

もともと私の畑には足が生える野菜があると知っていた領民なので、畑の外に行動範囲が広がっても、最初はおっ、と二度見するくらいには驚いていたが、一週間もすればすっかり常識になっていた。

我が領の民であるなら野菜の行進が見慣れた光景になった今日この頃。

「じゃあ、道中気をつけて。美味しく食べられてねー」

『わふわふわふぅー』

青い葉っぱがゆらゆらと道に列をなして揺れていく。そのうちの一体が小さな石ころにつまずき転がりそうになるが、フワッと浮いて着地すると、何事もなくまた歩き出した。

私は声を張り上げて手を振りながら、シュクリュとともに見送った。

「かあちゃ、やさいさまだよ」

「まあ、今日も野菜さまたちの行列は可愛らしいねぇ」

「ねぇー、ばいばーい」

野菜たちの行列の先にいた母子の声に、うふふっと口が綻ぶ。

心なしか、野菜たちも誇らしげに行進しているように見えるので微笑ましい。

和やかな日常の一コマ。それを作り出したのが自分というのがなんとも誇らしく、みんなが嬉しそうに笑ってくれるのを見ると自然と笑みがこぼれた。

「シュクリュ。今日も成果は上々よ」

『わふっ』

リヤーフが訪れ、カブが動き回る時間が一日越えしたあたりから、一気に収穫率は上がった。本日をもって歩き回るカブは十割。つまり百パーセントで、この畑のカブに足があるのは当たり前となったのだ。

植えたら勝手に育っていく、生産者思いのカブである。それに加え、ほかの野菜たちもぽちぽちと歩き出すようになった。もともと成長サイクルも早く、私の畑では野菜が採れ放題である。

そのため、リヤーフにはこの伯爵領で採れる野菜の宣伝に走り回ってもらっていた。

「いい結果が出るといいのだけど」

『わふぅわふぅ』

すりすりと顔を押し付けてくるシュクリュを抱きしめながら、願いを口にする。

うまくいくよとばかりにべろーんと顔を舐められて、べちょっとついたたっぷりのよだれにくすくすと笑いながらもふもふに顔を埋めた。ふかふかのお日様の匂いがして、とっても落ちつく。

「ふふっ。シュクリュはいい子ね」

ぐりぐりと撫で回し、べろべろと舐めてくる顔を両手で固定して、鼻と鼻を擦り付ける。

たとえ、私の魔力が好きなだけだとしても、作業時に見守るように一緒にいてくれる存在は大きい。

野菜を作り始めて観察、考察、検証を繰り返した結果、私が水や肥料をやるだけで野菜の新鮮度が長持ちすることがわかった。

私の魔力は土と相性が良いようで、一度でも手に入れるとそこの土壌の状態は良くなる。

それがわかると、時間があればほかの農家にも助っ人として出向くようにした。そうするとそんなに広くないロードウェスター領で採れる野菜はどれも美味しく実るようになった。

よく足を運ぶ自分の畑には及ばないのだが、今までのことを思うと鮮度も長持ちするしといいこと尽くめだ。

両親も非常に喜んで動いてくれており、おかげで少しずつ財源も潤ってきた。道の整備にも着手しだし、野菜備蓄のための倉庫を建てたり、評判を聞きつけて人や店も増えたりと領地も活気に満ちてきた。

あとは足が生える野菜についてだが、これはまだよくわからない。

現在問題ないからといって、いつまでも解明しないままではのちのち問題が出てこないとも限らないし、この件については両親よりは姉のシルヴィアのほうが頼りになるので、今度会うときに相談しようと思っている。

「ふふっ。姉さま、絶対驚くわ」

『わふぅ』

「あなたもヴィア姉さま好きだものね」

シュクリュが現れてから初めて姉が帰省したとき、私以外にはあまり懐かないシュクリュが思いっきり尻尾を振って懐いたのだ。

姉大好きな私としては、姉の良さがわかるシュクリュがますます好きになったのは言うまでもない。

一番に成果を感じて喜んでもらいたい姉には、もはや事業となりつつある野菜改革のことはずっと内緒に進めてきた。

だが、ここまで野菜が堂々と歩き出したら隠すことも難しいし、そろそろ大好きな姉に頑張ったと成果を褒めてもらいたい。

今度帰って来たときに驚かせたいので手紙にも書いていないし、両親にも口止めしている。

前回姉が帰省した際は、野菜が美味しくなっていると気づいてくれたが、それに私が関わっていることや動く野菜については黙っていた。

「あとは、さっさとイベントが終われればいいのだけど」

乙女ゲームのシナリオ通りなら、姉の一言セリフの出番もそろそろのはずだ。

あまりにもゲームの話を閨情報とともに言いすぎたからか、姉も少し負担になっているみたいなので、それが終わってからまとめて話すほうがいいだろう。

「あと、オズワルド様も被害に遭っていないといいのだけど」

姉の手紙の内容では、彼がヒロインに夢中なのかどうかわからない。

よく殿下とほかの側近たち、殿下にまとわりつくヒロインと一緒にいるようだが、オズワルドは表情が変わらないため、姉が見ている限りではヒロインに惚れているのか、殿下のそばにいるためなのか判断がつかないようだ。

安定のクールビューティ。毎度くる手紙を読むたびにヒロインが残念なほうだとわかったので、さすが私の推しと誇らしい気持ちでもあった。

ゲームでもオズワルドは難易度が高く、やっと振り向いてくれたと思ってもなかなか本音を見せてくれなくてヤキモキしたものだ。

だが、アピールされているかもと気づいたときにはすっかり囲い込むように愛されていて、逃す気がない求愛にもうキュンキュンした。

学園を卒業してしまったら、さらに手の届かないところに行く人だ。ちらっとだけでもこの目で見てみたいが、このままヒロインの毒牙にかからなければそれでいい。

ついでに、アンドリュー殿下も無事であってほしい。未来の王やその側近が、しょうもない女に誑かされているなんて国が不安で仕方がない。

どこまでゲームの強制力があるのかはわからないし、そっちはどれだけ案じても私にはどうしようもない。

ふぅぅぅーと息を吐き出し気持ちを切り替え、くるりと身体の方向を変えた。

「それよりも、あなたよ。あ・な・た」

収穫時期になったら自ら出てきて、我先にと配送先に行きたがるカブたち。畑の半分は埋まっていたものが抜けた穴と、とことこ歩いた小さな足跡が残っている。もう半分は出荷がまだ先なので、ゆらゆらと葉を揺らして土に埋もれたままだ。

その畑に、ぽつんと丸々とした白いボディが鎮座している。

青々とした葉をこれでもかと揺らしながら、ほかにもまして大きく立派なカブが足だけでは飽き足らず手らしきものまで生やし、仁王立ちしていた。

偉そうなカブだなと思って見ていると、これを見ろ、とばかりにゆら〜りと立派な足を一歩前に出してくる。

「ちょっ」

今までは根っこが足になったんだろうなと、よくそれで丸いボディを支えているなと思うほどのヒョロ足だったのだけれど、ひとまわりしっかりしていて立派な足にしか見えない。

その上、目がないけれど、ガンをつけられている気がする。

よくわからないけれど気合を入れ直さないとと、カブから目を背けずにじりじりと詰め寄った。

雲が風で流され、自分たちの間に光が差す。次第にその範囲が広がり、畑の色が明るくなるとさらにカブの存在感が増す。

「もう、なんなのよー」

困ったと声を出しながら、私はリボンでひとつにまとめた髪を揺らした。

こちらが一歩寄れば一歩後退さり、こちらが一歩下がれば一歩寄ってくる。

「えいっ」

ひょん。

「じゃ、こっち」

ひょん、ひょん。

今度は右に二歩行くと、それは右についてくる。

「うーん。一定の距離は保ちたいと。離れもしないけど、近寄らせてはくれないってどうしたらいいの？」

前後左右に動いて一通り試し、お手上げになって肩を竦めた。

もう放っておいてもいいのではとも思うが、屋敷にまでついてこられても困る。

だって、カブだし。野菜だし。どう扱えばいいのかわからない。

「さて、どうしようかなぁ」

緊張感のない間延びした声を上げてシュクリュを見ると『わふぅ』と尻尾を振られるだけだ。これは応援と受け取っていいのだろうか。

――ほんと、どうしよう～。

困ったけれど、そのうちなんとかなるかとシュクリュに頷き、カブを見る。

今までのカブも時間が経てば魔法の効果が消えて普通のカブに戻っていたから、いずれはこのカブも戻るだろう。問題なのは、その効果がどれくらい続くかだ。

突拍子もない現実に今はずいぶん落ちついているけれど、カブに足が生えて動き出した最初の頃はそれはそれは驚いた。

白いボディをぽこっと抜くと、根っこの部分をゆらゆらと揺らし歩き出したのを見て、「わおっ」と欧米さながら声を上げたものだ。

だが毎日毎日、ぽこぽこ生まれればいちいち驚いていても仕方がなく、次第に歩き方も様になりだすと感動さえ覚えた。

一緒に作業して同じように驚いていたゴダール夫妻や使用人を始め、両親や噂を聞きつけ見にくる領民も一度受け入れると気にしなくなり、普通となった。なんでも慣れである。

全体的に細かいことを気にしない風土なのか、魔法がある世界だからなのか。

今ではこの地のカブに足があるのは標準装備。

本日も、出荷されるために自ら這い出て、互いにボディをこすり合わせて土を払う姿は健気で可愛らしかった。いつも和むなぁと普通の（足が生えない）野菜を収穫しながら見ていたら、現在対峙中のカブのご登場。

こういう進化もあるだろうなとくすりと笑い収穫を終えたのだが、ふと視線を感じて見ると、同じ場所にそれはいた。

目がないのにきょろきょろとボディを動かしており、喜んで出荷されるカブの中、そのカブは動こうとしない。

一向に動かないので、まあ一株ぐらい数が減っても問題ないかとほかのカブたちを見送ったのだが、今も仁王立ちのカブはとても気になる。

「それであなたはどうしたいの？」

さすがに無視はできまい。

確実に意思表示をしているカブに、食べられにいかないの？　と聞くのは憚《はばか》られ、手持ち無沙汰の手をわきわきと動かした。

たとえ、嬉々として食べられることを望んでいても、食べられたらそこで終わりなのだ。

人間の私にはカブの細かな感性はわからない。

そよ、そよ、と風に揺れる立派な青い葉がなんとも言えない風情を醸し出し、私は困惑して眉尻を下げた。

「えっと、仲間は先に行ったけどあなたは行かなくていいの？」

そう尋ねると、カブはくるりと身体を回転させた。

とことこと歩き出し、身体を斜めにする姿にほっと息をつく。睨み合いの時間は居心地が悪かった。

おっ、やっと動いて何をするのかなってのんびり構えていると、そのカブはなぜか近くにあるカブ《なかま》をいくつか引っこ抜き、こっちにぶん投げてきた。

ぶんぶんぶんぶんぶんぶん、ひょーい。

わちゃわちゃと細い根が動いて、驚いているカブたちが手前のほうに落ちてころころと足元に転がる。

「えっ⁉」

『わふぅっ』

シュクリュが威嚇するように吠えると、また引っこ抜いてこちらに投げてくる。

さっきより飛距離が伸びて当たりそうになったので、思わず横に移動して避《よ》けた。

「……………ちょっ、仲間投げてどうするの？」

ふん、とばかりにまた仲間の葉を引っ掴み投げようとするカブに、私は待てと手をかざした。

その隙にとばかりに、すでにこちらに投げられたカブが仁王立ちするカブから距離を取るように私の後ろに隠れた。

「えっ、何この構図」

カブからカブを守る私。守るなんて正義のヒーローみたいだけど、守っているのはカブ。そして相手もカブ。お笑いか。

視界が忙しいなと周囲を見渡すと、強引に引っこ抜かれる前にと慌てて逃げ出しているカブの姿も見える。

カブ畑がパニックを起こしていた。

私は状況が呑み込めず、苦笑いを浮かべる。

何か言いたいことがあるのだろうなとは思うのだが、相手は話せない。意思表示のつもりで投げてるのだろうけど、仲間だし……

「えっと、何か言いたいことがあるんだよね？」

一緒に行かないのかという言葉に怒ったならば、行きたくないという意思表示。これだけ主張してくる相手にかける言葉ではなかったのだろう。

ううーむと顎に手を当ててこてりと首を傾げると、その横でシュクリュも同じように首を傾げた。

な、和むわ〜。――いや、和んでいる場合じゃないのよっ。

一瞬現実逃避しかけた。ちょっと今までとは比ではないくらい、珍妙な出来事に思考を放棄しかけた。

首を軽く振り、ちらりとカブを盗み見る。

目の前にはご立腹であろうカブが、「おい、何か言えよ」とばかりに仁王立ちしている。

顔がないのに訴えてくる圧がすごいったらない。

やっぱりこの理由しか思い浮かばないのよね、と恐る恐る言葉を変えてみる。

「も、もしかして行きたくないの？」

そう尋ねると、ぶん投げようとしていた仲間を静かに下ろした。正解だったようだ。

下ろされたカブは、これ幸いと逃げ込むように退避していたほかのカブたちのほうへ走っていった。

「えっと、どうして？」

野菜の感覚はわからないが、今までは食べられることが喜びだと思っていた。違うのだろうか。

どうしてと聞いたところでわかるはずもなく、私は困り果てた。

すると、カブが様子を見て逃げ遅れた仲間を、またその手に引っ掴んでぶんぶんと振り回す。ずいぶん、怒りっぽいカブである。

「いやいやいや、なんですぐに投げて訴えてこようとするのよ。それにかわいそうだからやめてあげて。仲間でしょう？」

話は通じているはずなので、声をかけるのはやめない。

その間に、なんとか意思疎通を図ろうと次なる言葉を探す。

出荷に行きたくないなら、やっぱり食べられたくない意思表示なのだろうか。

そう思い至ったが、その言葉はこのカブには地雷だったようだ。

「食べ……」

られたくないの？　って聞こうとしたのに、突如そのカブは畑の外へと向け走り出した。

「はっ？」

もう、わけがわからない。

思わずシュクリュのほうを見ると、どうするっ？　とばかりにこっちを見て尻尾を振っている。

完全にシュクリュは面白がっているようだ。

まあ、あの手に持っているものが当たったとしてもカブ。何か起こすにしてもカブ。多少のダメージはあるが、何かしようとしたらカブ自体に傷がつくとか折れるとか、そっちのほうが先だろう。

「とりあえず、追いかけないと」

『わふっ』

カブが柵を抜けようとしているのを確認し、そのあとを慌てて追いかけた。

先導するようにシュクリュがいるのはいいのだが、後ろにも気配がいくつかある。

もしかして、カブがついてきている？　いや、それよりも逃げ出したカブのスピードが速いのなんの。

「ちょっと、待って。脱走カブ～」

しっかりした足は、歩幅は狭いがすごい回転数で距離を稼いでいく。その手にはいつぶん投げてもいいように、仲間を掴んでいる。

もうそこは放してあげて！

さすがに野菜の脱走は今後の商売に支障をきたすから私も必死になる。

出荷先で脱走なんてしたら信用問題に関わる。

なので、なんとしてでも脱走カブの意向は確認しておきたい。

「お願いだから。話し合いましょう！」

走りながらも声をかけることをやめず、私が走りながら柵を越えたところで、思わず足を止めた。

屋敷の前には、この辺ではあまり見ない立派な馬車が何台か停まっている。

「うわっ、すっごい豪華な馬車。上流貴族か何かかな。こんな田舎になんの用事だろう？」

リヤーフが乗ってくる馬車も丈夫で立派だが、それと比べると格段にレベルが違う。

過度な装飾はないのに、馬車自体のデザインとそれを引く馬も雄々しくてグレードの高さが素人目から見てもわかった。

馬車から二人、年の若そうな男性が出てくる。銀髪と金髪、ここから顔の造作までは見えないが、やたらと目立つ青年たちだ。

護衛の者が周囲に気を配っているので、その扱い方だけでも相当身分の高い人たちなのだろう。

銀髪なんてオズワルド以外にもいるんだ、と驚いた。家系的な髪色ならほかにもいるのは当たり前なのだが、やはり日常で目にしないものは乙女ゲームのイメージが先行してしまう。

この領地は基本茶色い髪の者が多いので、銀髪なんてこの辺では物珍しい。あれほど光に当たって神々しい金髪もだが……

王都に行けばそれこそゲームの世界のように、日本人に馴染みのある黒髪や青、緑、赤、黄だとかカラフルな色の人がいるらしい。

「なんだろう？　抜き打ち視察とか？」

それくらいしかこんな辺鄙なところに来る理由なんて思いつかない。

視察だったとしてもこの地に何もやましいこともないし、むしろこの機会に野菜が実っているのを見てもらえたら逆にいいかもしれない。

服装自体は上質な落ちついた色合いだからこそ、洗練されているのが遠くからでもわかる。

どのみち、屋敷の前に停まっているならば、父たちに用事があるのだろう。

馬車の前に人が立ってこっちを向いているようだが少し離れているし、私は身体の方向を相手にしっかりと向け小さく会釈するにとどめた。

相手がこちらに気づいているのかいないのかわからないが、呼ばれもしないのにわざわざ出向くものでもない。気にはなるが、それよりも今は脱走カブだ。

くるりとカブのほうへと向き直ると、脱走カブは律儀にもここから見える範囲で待っていた。

本気で逃げる気もないがすぐに捕まるつもりもないという距離に、なんだか遊ばれているようで泣けてくる。

私が走り出すと、案の定走り出す脱走カブ。そして、ついてくるシュクリュとカブたち。なぜカブたちまでついてくるのかは知らないが、ちらっと視界に入ったカブの数は十を超えていた。

延々と続く道、左右前後に広がる畑の中をひたすら走る。一向に縮まらない距離に、私は周囲の目も気にせず叫んでいた。

「もうっ！　脱走カブ。どうして逃げるの？　あなたの嫌がることはしないから、一度話し合いましょう」

その言葉でぴたりと止まる脱走カブ。

よしよしと刺激しないようにできるだけ優しい声で話しかけた。ゆっくりと、数歩ずつ距離を詰める。

「落ちついて聞いて。怒らないでね。聞きたいだけ、質問するだけだから。ああ〜、あなたはもしかして出荷されるのが、つまりは食べられるのが嫌なのだと思ったのだけど。あってる？」

そう尋ねると、前後に葉っぱが揺れる。

「そう。もしかしてほかのカブたちもそうだったり？」

ちょっと心配になって聞いてみると、ふりふりと今度は左右に触れる。後ろのカブたちもわさわさとボディを振っているのか、音が聞こえる。

振り向くと、違うよとばかりに彼らも左右に振っている。

そこは杞憂だったようで良かった。安堵の息を吐いて改めて脱走カブをじっと見つめた。

立派な足を見せつけるように一歩前に出し、手を上げたり下げたりしている。

何をしたいのかはわからない。だけど、その一生懸命さは可愛らしくはある。

「違うのね。良かった。つまり、あなたはそうだということね」

改めて確認すると、目の前でうんうんとばかりに頭の葉が前後に揺れる。

これだけ意思表示してくるのも、ちょっと可愛い。

だけど、その手に掴んでいるカブがかわいそうで、仲間さえ掴んでいなかったらと思わずにはいられない。

「わかったわ。とりあえず、仲間を放してあげて。彼らが美味しく食べられたいなら、ボディに傷をつけたくないと思うし。それと、あなたに関してはお手伝いしてくれたら食べないから。どうかな？」

仲間を引っこ抜ける手と力があるのなら、畑の手伝いがある程度できるはず。

屋敷に連れ帰るわけにもいかないし、野菜なので土壌が良い場所で過ごすほうがいいだろう。

そう思って尋ねると、脱走カブはやっと仲間を放し、喜びを表すようにぴょんぴょんっと飛び跳ね、……れてはいないがそのような動きを見せた。

うん。可愛い。初めはどうなることかと思ったけど、一生懸命自分の意思を伝えようとしたのだと思えば憎めない。

一歩近づけば、今度は一歩近づいてくる。

二歩近づけば、二歩近づいてくる。

——ほんとに、可愛いんだけどぉ。

ツンツンしていた相手に懐かれた気がして、ふにゅっと頬が緩む。

これ以上はみっともないのでにまにましそうになるのを堪えながら、ようやく脱走カブと手の届くところでご対面。

私はスカートを膝裏に押し込むように屈み込むと、そっとカブの手らしきものを摘んだ。

「戻りましょう」

そう告げると、嬉しそうにぶんぶんと頭を上下させるカブに、私は微笑む。

「ふふっ、すごい鬼ごっこだったわね」

ずいぶん遠いところまで走ってきた。緑の穂が辺りを埋め尽くし、屈んでしまうと私たちは周りから見えないだろう。

この辺りは最近麦の栽培に挑戦している。栽培に成功したら、他領から高い値で購入しなくても済むし、なにより料理の幅が広がり、お菓子の種類なども増やせられる。

北部は収穫量が乏しいため少しも無駄にできないので、料理やお菓子の種類が圧倒的に少なく、何をするにも必要最低限。

なので、王都のようにお店で売るしっかりしたものは無理でも、庶民向けのものくらいなら前世の知識で少しくらいは役立てると踏んでいるので、両親に交渉し領民にお願いしている。

今までの成果で、多少の無茶は通るようになったので次々とやりたいことに挑戦している。

「あっ、やっぱりこの辺りのお手伝いしてから戻ろうかしら？　さっそく手伝ってくれる？」

はーい、とばかりに短い手を上げる脱走カブ。これは了承でいいのかなと、近くの畑を手伝うことにした。己の魔力が行きわたるように、できるときにしておきたい。

麦の栽培には肥料が大事なので脱走カブに手伝ってもらって、必要な場所に重点的に撒いていく。ここ、ここ、としっかりやらなければならない場所を指してくれるので、すごくありがたい。

食物には食物の気持ちがわかるのかも。そう思うと、脱走カブみたいな存在は非常に助かる。

重いものはシュクリュが咥えて運んでくれるので、私は撒くだけでいいし、かなりいい感じになってきている。

「ありがとう」

ようやく一通り作業し終えた頃には、すっかり辺りは夕焼け色に染まっていた。

農家さんたちと収穫時期の話し合いをして（なにせ、普通の収穫サイクルとは違うので）、それくらいにまた来ると話し、その場を後にした。

肩甲骨をほぐすように背中の中心に力を入れたり抜いたりを繰り返し、みんなでのんびりと歩く。

「今日はよく働いたわねー」

ご褒美にシュクリュには魔力が入っている食べ物をあげるとして、脱走カブには何がいいのだろうか？　水かな？

そんなことを考えながら、シュクリュと脱走カブ、そしてなぜかついてきたカブたちを引き連れながら畑に戻る。そこで、覗くように落ちつきなく畑を見ていた使用人が、私に気づくと慌てた様子で駆け寄ってきた。

「フロンティアお嬢様っ！　探してたんですよ。いったい、どこに行っていたんですか？」

「ジョン、そんなに慌ててどうしたの？」

伯爵家に長く勤めている家令の孫であるジョンが、そわそわと落ちつきなく詰め寄ってくる。

「どうしたもこうしたも、大変だったんですよ～」

その目はちょっと泣きそうに潤んでいる。自分より年上の男のその様子によほどのことが起こったのだろうと、ぽんぽんと落ちついてと肩を叩く。

探していたと言っていたし、畑にいると思ったらいなかったのでずいぶん心労をかけたのだろう。

「何があったの？」

「お、驚かないでくださいっ。でででででで」

「落ちついて」

よほど混乱しているようだ。

「無理ですよ。ずっと探していたんですから」

「それはごめんなさい。こっちもいろいろあって」

ちらりと脱走カブを見ると、照れたのかもじもじとボディをくねらせた。

それを見て笑うと、「もうっ」とジョンが眉を跳ね上げる。

「とにかく、一大事ですから屋敷のほうへ」

「一大事」

のほほん、と言葉を繰り返す。

まあ、何かあったのだろうけれど、ジョンが遣わされたなら、そこまで逼迫した事態ではないと判断してのことだ。

それよりも、慌てるジョンは子供用のブリキ玩具みたいで面白いと眺めていると、次の言葉で私の思考は一掃された。

「シルヴィアお嬢様にも関わることですので」

「ヴィア姉さまに？　それは大変。すぐに行きます」

ジョンがすべてを言い終わる前に、姉の名前に反応して態度を改め背筋を伸ばした。

それを早く言いなさいよとばかりに、ジョンよりも早く屋敷へと向かう。

「お嬢様～。それはないですよ」

「だって、仕方がないじゃない。こっちもいろいろあったって言ったでしょ？　でも、姉さまに関わるなら一刻も早く話を聞かなければ」

「そうですけど……」

「それで一大事って？」

「それはもうすごいことです！　後で腰を抜かしても知りませんから」

私の後を追いかけて横に並んだジョンは唇を尖らせた。軽い扱いに少し拗ねたようだが、こういうやり取りはいつものことだ。

身分の違いといっても田舎では大して気にしない。公の場ではそれなりの対応をするが、幼いときから友人のように育った自分たちはこれが普通だ。

「ごめんなさい。とりあえず、これだけは聞かせて。それはいいこと？　悪いこと？」

「ああ～～～～、それはものすごくいいことではあるんでしょうけど……」

「なるほど。悪いことでなければいいわ。呼びにきてくれてありがとう」

その数分後、父と母から聞かされた話の内容に、ジョンが言った腰を抜かすとまではいかなかったけど、

「えええええええぇぇぇーーーーーーーーーーっ!!」

と、屋敷いっぱいに私は驚きの声を響かせた。

気になる令嬢　side アンドリュー

王都サンフランチェにある学園の生徒会室で、ハインリヒ王国の第一王子であるアンドリューは、オズワルドとラシェルとともに息を潜めていた。彼らは側近であり、公爵家であり宰相の子息とこの国の穀物庫として重要な役割を担う侯爵家の子息だ。

昨年からやたらと絡んでくるディストラー男爵令嬢が、ここ最近遠慮がなくなったように出没頻度を上げてきていた。確かに、容姿や言動は男心をくすぐるものはあるが、礼儀のなっていない様は見ていて気持ちの良いものではない。

実力重視のこの学園にいる間、いくら身分の垣根を越えてともに切磋琢磨しようといっても、無礼講ではないのだ。親しくしても相手を慮ることは前提としてあり、決して自分の考えだけを押し付けるものではない。

小さな子供でもわかるようなことを堂々と無視する令嬢に、模範であるべき王子として礼儀正しく対応していたが、その実アンドリューは辟易していた。

先ほどまで、決して気安く訪れる場所ではないはずの生徒会室の扉が、コンコンコンコンコンコンとずっと叩かれていた。

あまりのしつこさに騎士団長の息子であるレイジェスを犠牲にして彼女を退け、ようやくアンドリューたちは肩の力を抜いた。

互いに疲れた溜め息をつき、男爵令嬢関連のことから、シルヴィア・ロードウェスター伯爵令嬢の話題に移る。

その際に、オズワルドが入学式に見かけてからずっと慕っていると知り、先ほどの疲れがふっとぶほどの衝撃を受けた。

まったく知らなかったしわかりにくいと言ったら、オズワルドは平然と言ってのける。

「特に隠しているつもりはありませんけど。今まで彼女を狙う者は排除してきましたし、シルヴィア嬢自身も慎ましやかで心配はありませんでしたが、もうすぐ彼女も結婚できる十八になるのでかこ……、アプローチをしていこうかと」

かこ？　もしかして囲い込むか？

真意を確かめるようにじっと見つめたが、しれっとしているのでわからない。とにかく本気だということはわかった。

淡々と語られてお前なぁとわずかに脱力するが、見た目同様冷たいやつというわけではなく、視界に入れる対象が極端に狭いだけであることは長年の付き合いで知っている。その分情が濃く、集中しがちな面もあるので、オズワルドらしいとも思った。

ぼんやりとくだんの令嬢を思い出す。目立つわけでも主張してくるわけでもないのに存在感は常にある。アンドリューも彼女は人として嫌いではない。

同じように頭に思い浮かべたであろうラシェルがにやっと笑う。

「へぇー。いいと思うよ。彼女、落ちついていて綺麗な子だよね。男に媚びた眼も向けてこないし、誰に対しても対応がいいし。あとさ、ロードウェスター伯爵領地で作られる野菜は新たな栽培方法を確立したのか、とても美味しくなって需要が伸びているんだよね。すごく興味があったんだ」

さすが、穀物庫番としての役割を重々理解している侯爵家の息子である。普段チャラついているが、食料事情における他領の動きはしっかり押さえているようだ。

オズワルドは生徒会資料を置くと、口元に笑みを刻んだ。

普段なら仕事の手を止めはしないが、愛しの彼女のこととなると片手間とはいかないらしい。

「ええ。調べていくと彼女の二つ下の妹が何かしているようですね。北部のあの土地での成果は現在はまだ小さなものですが、これから期待ができます。おかげで両親にも話がしやすくなりましたよ。今月中にその辺の確認も含め、彼女の両親に会いに行く予定です」

「会いに？　なんで？」

「囲い込むためですが？」

今度ははっきり言った。悪びれもしない。

オズワルドの中ではシルヴィア令嬢を捕まえることは決定事項で逃げ道を残さないよう、すでに準備を始めているようだ。

少々面白くない気分だ。親戚であり、五歳のときに出会ってから兄弟のように育った俺に一言くらい言っとけよと思う。

「それはロードウェスター嬢と？」

「いえ。彼女に話す前に先に両親に了承を得ておこうかと。どうも彼女は自分が男性からモテるはずがないと信じ切っているようですので、彼女本人に伝える前に本気だと見せたほうが早いかと思いまして」

「うわっ。本当に囲い込みじゃない⁉」

言葉通り、うわぁと身体を背後に引いたラシェルに、オズワルドは涼しい顔で告げる。

「ええ。逃す気はありませんから」

「ははっ」

ラシェルが乾いた笑いを漏らしたが、アンドリューも苦笑いを浮かべた。

本気が過ぎるだろう。

薄い唇を引きにっこりと微笑むオズワルドを、アンドリューは複雑な気持ちで見据えた。

同じ男でもぞくっとするほど整った美貌は、何度見ても見慣れない。むしろ、こんな人外の美貌の策略家に捕まる彼女は大変だなと同情する。彼女の未来はもう決定したようなものだ。

なんにせよ、幼い頃からの友人の恋はできるだけ応援するつもりだ。その前に、友人としても王子としても、側近の相手とその貴族と領地を見定めなければならない。

「なら、俺も一緒に行こう。月末、辺境伯領の視察もあったし、調整すれば帰りにそこに寄るくらいはできるだろう」

発展には伯爵夫妻ではなく、自分たちよりも年下の娘が関わっているというのも気になる。

アンドリューがにやにやしながら告げると、ぴくっとオズワルドが眉根を上げた。

「これは私の問題なので、アンドリュー殿下はご遠慮いただきたいのですが」

「無理だな。ロードウェスター嬢自身は悪いとは思わないが、彼女は確か長女で家紋を継ぐ男はいないはずだ。公爵家次男のお前が婿入りになる可能性がある限り、事は簡単ではないとわかっているだろう？　俺の未来の重鎮に関わることだから、しっかりと見ておかないとな。これは決定事項だ」

「…………わかりました。余計なことはしないでくださいね」

アンドリューが言い出したら聞かないと理解しているオズワルドは、小さく息を吐くと同行を了承した。承諾しながらも、絶対婚姻を結ぶので殿下は邪魔をしないでください、とばかりに目を細めて最後まで無言で牽制してくる。

何度も言うが、オズワルドが本気だ。並々ならぬ熱意が溢れ出て、その分美貌に磨きがかかりすぎている。

ものすごく違う意味で不安だが、婚姻相手として悪くないと判断できたら、援護射撃くらいはしてやろう。ここ最近、公務以外では面倒くさいことに時間が取られていたから、今までと違ったこれはこれで楽しみになってきた。

自然と、ふっ、と笑いが漏れる。辺境伯領に行くのは魔物などの問題ばかりで気が重かったが、面白そうなオマケがついていると思うと気持ちも前向きになる。それに、ここ最近の鬱屈さが晴れていくようで、久しぶりに気分がいい。

アンドリューは椅子に深く腰掛け肘をつきながら、にやにやとオズワルドを見る。

すると先ほどからじぃーっと彼を見ていたラシェルがわからないなとばかりにひょいっと肩を竦めた。

「なんか、たま～にオズワルドって普段のイメージからすっごく掛け離れることあるよね」

互いに深入りするようなタイプではなかったため、ラシェルからすればその冷たすぎる美貌の印象に引っ張られることが多く、オズワルドの内に秘めた熱い部分に触れると混乱するようだ。

「こういうやつだ。一度懐に入れたものは大事にするし、それを傷つける者がいたら容赦なく攻撃するだろう。取捨選択がはっきりしているとも言うが、俺も含めそういう血筋だ」

「ふぅーん。なんか、殿下たちに狙われたら絶対逃れられなそう。お相手もある意味大変そうだ。あっちのほうもすごそうだし」

ラシェルの言うあっちとは下半身事情のことだろう。王族に向かって放つセリフではないが、ラシェルの生い立ちを思うと発言が緩くなるのも仕方がない。

特に否定はせず、アンドリューはにやっと笑って見せた。

「俺にはまだ相手はいないが、本気で欲しいと思うほどの令嬢を見つけたら逃さないだろう。そもそも、捕まえたなら不安に思う暇もなく満たしてやればいいだけだ」

王族に嫁ぐなら、女性としてこの国の最高の地位を与えるとともにさまざまな苦労をかけることになる。

仲の良い両親を見てきたこともあり、側妃も揉める要因になるので必要性を感じず、相手を決めたら、そのひとりを大事にしたいとは思っていた。

当然、男としてそちらも満足させてもらうし、させるのは当たり前だ。

王族で第一継承者なので、見合いの話は続々とくる。陛下もまだまだ健在で自分のスペアとなる、これまた兄に憧れる謙虚な八歳下の弟がいるので、アンドリュー自身は焦ってはいない。

だが、未来の王妃を娶ることはいずれ必要だとわかっているので、どこにどんな花が埋もれているのかなるべく見逃さないように、時間の都合がつけば重要な茶会は（情報収集も兼ねてであるが）顔を出すようにはしていた。

機会を逃し他人のものになってから出会い、惜しいと思うくらいなら多少無理してでも早く見つけたいと時間を削って参加してはいるが、今のところ無駄に終わっている。

「ま、本人がそう感じたらそうだね。もう、オズワルドはうまくいくことしか見えないし、ついでに領地で何が行われているのか見てきてほしいですね。まだ、その野菜は出回る量も少ないし不審な点があるわけでもないから予算組んで視察するほどでもないし」

ラシェルの言う通りオズワルドの未来の婚約者候補であるロードウェスター領地は、土壌があまり良くなく、特産品もない貧相な土地だった。

もともと、この国の北部は土地が荒れており、この十数年以上新たな鉱山の発見もない。財源となるものが少なくずっと課題として挙げられていた。

数度、顔を合わせただけだが、伯爵自身は権力争いとは無縁の田舎の貴族といった感じであった。

代々守ってきた土地を大事に思っていることは伝わってきたが、もともと貧相な場所として受け入れているせいかそれ以上ひどくならなければいいと、よく言えばのんびりした、悪く言えば上に立つには頼りない人物だった。

だから他領と比べると微々たるものだが、利益を上げだしていると以前に資料で読んだ際、印象に残っていた。

その領地の令嬢と婚姻を目論むオズワルド。

ただの偶然でも、たとえ肩透かしだったとしても、些細なことから繋がる先に期待が膨らむ。

「……面白くなりそうだ」

まるで宝探しのような気持ちで、オズワルドの恋愛とそのお相手の領地への興味に、アンドリューは楽しげに目を細めた。


王都から北方の辺境伯のところまで移転ゲートを使い、帰りは抜き打ち視察も兼ねて馬車での移動となった。実際にこの地の現状を知るいい機会でもあると、日程も多めにとってある。

ちなみに、移転ゲートはお金がかかるため、王族といえども滅多に開かない。それをあえて利用するのは、距離がかなりあることもあるが、それだけ辺境の現状を王族として重く受け止めていること、辺境伯を重宝していると対外的に示すためでもあった。

似たような景色を眺めていたが代わり映えもせず、資料に上がってくるそのままの土地柄にアンドリューはゆっくりと瞼を閉じる。

これからの動きを一通り頭の中でまとめ、頭の痛い問題ばかりに溜め息が出そうになった。

そんな姿をしても、彼の威厳は損なわれない。

アンドリューはこの国の第一王子であり、支配者たる資質を持っていた。為政者として逸らすことを決して許さない、力強い輝きを放つ碧色の瞳が伏せられても、醸し出す空気は常に存在感を放つ。

　馬車に揺られながらしばらくそうしていたが、瞳を縁取る長い睫毛がそっと上がると、憂いなど跳ね除けてやろうとばかりの豪胆な光を放った。

　ついていた肘を外すと、斜め前に座り報告書を読み込むオズワルドを盗み見る。

　気配に気づいたオズワルドが、静かに視線を上げた。

「思った以上に魔物の数が多かった。年々増える傾向にあるというのは問題だな」

「そうですね。討伐隊を増やすにも予算がかかりますし、ただでさえ治癒士が不足しているなか危険な地に行こうという者も少ないですし、国としても貴重な彼らに無理強いもできません。人が確保できたとして、今度は人が増えればこの地の食料問題はさらに深刻になります」

　持っていた資料を長い指でトントンと叩きながら、オズワルドが外から漏れ入る光に煌めく銀の髪を耳にかける。それから、半分ほど開けていたカーテンに手を伸ばして全部開けた。光がさらに入り、馬車の中も明るくなる。

「ああ。代替わりしたばかりの辺境伯に負担を強いるのも、完全な味方ではないならこれ以上彼に力をつけさせるのも得策ではないな。食物が育たないのも、魔物が増える原因か。その辺りで国として協力できるのが妥当なのだが」

「南部の貴族は非協力的ですからね」

「そうだな。平和ボケした貴族が多い上に、自分たちのことばかりだからな」

アンドリューは、はっと皮肉げに口の端を上げた。

魔物は種類や部位によって高価に取引されることはあるが、それだけ討伐には危険が付きまとい、実際にここ数年の被害は増加している。

南も北も同じ国なのだが、それをわかっていない者が多い。南部は海に面しており貿易も盛んで物資は豊かで、海産物も農産物も豊富である。それに王都が南に位置するので、必然的に南のほうが豊かだ。

北のことは北の貴族でなんとかしろと、自分たちが甘い汁を吸うこと以外には興味がない。そんな貴族ばかりではないが、誰しも己の領を気にかけるのは当たり前のこと。

それらは自領を守るためでもあり、そういった者のおかげで国庫が潤っているのも実情だ。だが、そういう者に限って有事の際は口ばかりでなんだかんだと金や人材を出し渋って役に立たないだろう。

次期国王となるアンドリューに媚びる者は利用したり財を吸い上げたり、使える人材は今から確保しているが、そろそろ新たな打開策が欲しい。

自分の地位を盤石にするためにも北部の事情は無視できないし、いつ北に面している隣国と争いが起きるかわからない。魔物の動きも気になる。いまこそ北部の繁栄に力を入れるべきだ。

王もそれがわかっており、アンドリューが王太子としてどのように動くか見ているのだろう。

今回の視察も、特に明確な指針は示されなかったのでお手並み拝見というところか。

「こうなると、これから行くところがなおさら楽しみだな」

栄養が乏しい土地に、作物を実らせているという伯爵領。オズワルドとラシェルの話からさらに詳しく調べると、南部の収穫率に比べたらまだまだだが、この一年の成果はここ数十年のことを考えるとありえない数字だった。辺境伯領の状態が思ったよりも緊迫していたので、このタイミングで出てきた話題に運命さえ感じる。

自然と笑いがこみ上げていたのだろう。オズワルドが嫌そうにその秀美な顔をしかめた。紫色の謎めいた眼差しがすぅっと細められ、惑わすように瞳の奥まで見つめてこようとする。

実際はただただシルヴィアを囲い込むのに邪魔するなと思っているだけなのだが、一つひとつの動作がその美貌と相まって意味深に映る。

オズワルドはこちらをじぃっと見つめていたが、ふっ、と笑うと資料を横に置いた。

「たとえ食料問題が殿下の思うような形ではなくても、私は彼女を手に入れます」

「改めて宣言しなくてもわかってる」

「そうですか。くれぐれも王太子としての仮面を外さず、面白そうだとかき乱して邪魔はしないでくださいね」

いつになく釘を刺してくる。普段なら面白そうだと介入するところだが、ここまで来ると問題がなければ静観するほうがいいだろう。

「そんな面倒くさいことはしないから安心しろ。お前が北部に縁ができるのは俺にしてもメリットがある」

「だったらいいんですが。この辺りから伯爵領です」

そのような話をしていたら、ようやくロードウェスター領に入った。このために先ほどはカーテンを開けたようだ。

まだ、シルヴィア・ロードウェスターを自分のものにしていないのに、すでに自分のテリトリーのような振る舞いにアンドリューはくっと笑みを浮かべた。

面白い気分のまま促され外を眺めたが、やはり今までの景色と大差がない。

まばらに家が建ち、その前には延々と畑が広がり、舗装されていない道がただ続く。

伯爵家に近づけばまた違うかもしれないが、田舎は田舎である。

「代わり映えはしないな」

「まあ、南部に見慣れた私たちからしたらそうかもしれませんね。ですが、作物は今まで通ってきたところよりは実っているようです」

そう言われて視線を凝らすと、確かに畑には栄養状態が良さそうな野菜が実っている。それに加え、決して裕福といったわけでもないのに、人々が生き生きとしていてその笑顔が印象的だった。

「良いところではあるようだ」

「ええ。さすがシルヴィア嬢が育ったところです。私も殿下も気になる野菜についてですが、伯爵夫妻に詳しく探りを入れましょう」

「ああ、確か昨年から伯爵が農民から作物を買い上げ、商会を通して他領へ流通させているのだったな」

話題に出てからさらに情報を収集した。ただ、田舎も田舎なので大した情報は得られなかった。

「ええ。殿下もご存じでしたか」

「気になったからな」

「さらに情報を付け加えると、実際その方法を始めたのは以前話に出ていた妹君だそうです。そのシステムのおかげで農民も一定の収入を得ることができ、農作業だけに精を出すことができるとのこと。さらに生産率を上げ、一年あまりで利益が出るようになったようです。その上、伯爵家としても品質の良い品を一定の量を確保することによって取引先との良好な関係も築けて、顔が広くなりつつあるようです。最近では備蓄用の倉庫も建てたとか。賢いお嬢さんのようですね」

声に出さなかったが、さすがシルヴィアの妹とばかりに嬉しそうな声だ。

その上、格下であった伯爵家が力をつけてきたとなれば、オズワルドも婚姻に持っていきやすくなる。喜ばしい現状に、オズワルドの機嫌は良さそうだ。

「確か、ロードウェスター嬢の妹は我々の二つ下だったな」

「はい。とても仲の良い姉妹だとか」

「会えるものなら会ってみたいな」

「私もです。伯爵だけでなく、彼女からも話を聞くのが最良かと思います」

オズワルドの最終目的はシルヴィア嬢との婚姻だから、伯爵との話のほうが大事だろうが、アンドリューとしてはその妹が気になる。

狭いとはいえ、たった一年あまりでこの地を潤すことに成功した女性なら、北部の問題にも一石を投じてくれるかもしれない。

じっと座っているだけの女性より、何か楽しいことをもたらすと期待させてくれる存在は、単純に異性としてもひどく興味がそそられた。

「辺境伯領で思った以上に時間を使ったため時間があまりないが、彼女にも同席を願おう」

「そうですね。ただ……」

シルヴィア嬢の姿からどんな妹なのだろうかと想像を膨らませていたところで、オズワルドが気がかりがあるかのように珍しく言い淀んだ。

「どうした?」

「私もこの目で見てからではないと判断ができないと思っていたのですが、どうやら本当だったようです」

そう言うとわざわざ馬を止めさせてオズワルドが外を眺めたので、何事かと同じように馬車の中から外を覗く。

「何を……」

見ているんだと疑問を口にする前に見えたものに、アンドリューは大きく目を見開いた。

目を凝らすまでもなく、葉っぱの列がこちらに向かってきているように見えた。実際、こちらは止まっているからそのシルエットが揺れ動き大きくなっているため、確実に向かってきている。

この地は現在カブが出荷率を上げていると資料で読んだので、葉っぱがカブのものだと推測するのは簡単だった。

だが、ちらちら見える白いボディのさらに下の部分が、前後に動いているように見えるのはおかしいし、そもそも直立にあること自体がありえない。

「すごいですね。どうやったのでしょう？」

「やっぱりあれは幻覚ではないんだな。オズワルド、俺たちはいったい何を見ているんだ？」

口にしながらも、やはり見間違いではないだろうかと思う。

ここにきて、公務の疲れが溜まったか？

長旅の上、代わり映えしない景色に飽きたため見た幻覚か？

自分を疑ってしまうほどありえないものを目の前に、アンドリューは素直に驚きが顔に出た。

気心の知れたオズワルドの前だからといって、幼いときならまだしも年頃になってこんなことは初めてだ。

「歩くカブですね」

悔しくも新鮮な気持ちのまま、揺れる葉を見つめる。

ちらちらと見える白いボディがやたらと目を引く。

それらを眺め、オズワルドは、ふっ、と満足そうに微笑んだ。

シルヴィア嬢のこともあって事前に子飼いの者をこの地に放ち、最新の情報を仕入れていたらしいオズワルドにとっては衝撃はそこまでないらしい。

「確かに歩いてるな。野菜が自力で動くなど聞いたことがないが」

「ええ。だから私も報告を受けたときには半信半疑だったのですが、あれを見たら受け入れるしか

いった。

衝撃が過ぎ去り、俄然興味が湧いてきた。しげしげと眺めていると、御一行が馬車の横を通って
「まあ、実際に見たらな」

ないですね」

上から眺めても、葉に虫食いはなくつやつやしていて栄養状態は良さそうである。

「どうやらこちらの想像以上に、妹君はとってもユニークな方のようです」

「ああ。どういった類いの魔法を使ったのか興味深い」

野菜が歩くなぞ、本当に聞いたことがない。どんな魔法でそのようなことが起こるのか。

「ええ、商会を通したりと慎重に動いているようですが、領内ではなかなか大胆なようですね」

「そうだな。田舎の領地の実情は出向かないとわからないことも多いと実感したよ」

「そうですね。本来の目的とは別に来た甲斐があります。あまり期待しすぎてはとは思いますが、話を聞くのが楽しみです」

理知的な瞳を細めうっすらと笑みを浮かべる様は、どこかの魔王のようだ。

この地の可能性を見出し、シルヴィア嬢を一刻も早く囲い込むことの算段でも思いついたのだろう。表情は大して変わらないが、生き生きとしている。

確かにアンドリューも気持ちが浮き立った。

予想もしなかった目の前の実情はひどく興奮するものだ。

魔法学をあれこれ思い返し、野菜が動く実例がなかったかと振り返ってみるが、やはり野菜が動

く、それに似た魔法というものは知らない。

アンドリューは、片方の口角を上げて笑う。

「ああ。早くそのご令嬢に会いたいものだ」

アンドリューの表情を見たオズワルドの瞳がわずかに見開かれた。そして、思案するように髪を耳にかけると、視察中ずっと大事に持っていた鞄に視線をやり、魔性と呼ばれる美しい笑みを浮かべる。

「話によっては、早めに陛下に掛け合ってくださることを期待します」

「ああ、話と成果によってはな」

横切っていく野菜の行列を上から眺めながら、アンドリューはまだ見ぬ令嬢を思い瞳を妖しく煌めかせた。

第三章　姉の婚約と王子との邂逅

私は両親とともに、王都に近いハートネット公爵領へ向かっていた。

「ああ、緊張する～」

公爵家が寄こしてくれた立派な馬車に揺られながら、窓の外を眺めては視線を戻して溜め息をつき、そわそわとしてしまう。

「ティアったら、さっきからそればっかり」

「だって、相手はあのハートネット公爵家ですよ」

「そうよね～。公爵家のしかも直轄領地にある屋敷にお招きされるなんて、ドキドキするわね」

そう言いながらも、うふふっと笑う母の姿に緊張した様子は見受けられない。

「うう～っ」

一人で唸って緊張してバカみたいであるが、緊張するものは緊張するし、期待するからこそ思うことも多すぎて思考が定まらない。

このたび、姉が正式に推しと婚約することになった。国に書類は提出され認可も下りているので、正式も何もあったものではないが、両家としてはこれから顔合わせやその他もろもろ話し合いが行われる。しばらく公爵領に滞在することになっており、姉とはあちらで落ち合うことになっていた。

脱走カブの騒ぎがあった日、ジョンが言っていた通り屋敷に戻ると大事件が待っていた。

なんと、オズワルドが姉との婚約の許しを両親にもらうために訪れていたのだ。あのちらっと見えた銀髪が、推しだったと知った衝撃はいかに。

しかも、公爵家の子息だけでも仰天ものだったのに、それに付き添いという形で姿を現したのが王太子殿下だったものだから、我が家はてんやわんやだったようだ。

滞在時間に限りがあったようで、私が戻ったときには帰っていたけど、慌てふためく両親や使用人の様子はひどかった。ジョンのように舞い上がって挙動不審のオンパレードだ。

ようやく落ちつきを取り戻した彼らから話を聞いたところによると、オズワルド自ら姉を望んでの婚約の申し出だそうだ。

巧みな話術にすっかり両親は絆され、条件が良すぎるくらいでこちらに断る理由もなく、身分的に断れるわけもなく、娘が良いのならと両親は婚約を承諾した。

あっさりしているようだが、それでも娘の意思は大事にしてくれと言っただけでも頑張ったほうだと思う。なにせ、相手は王族に所縁《ゆかり》のある公爵子息だ。しかも、父親は現宰相。貧乏伯爵家とは次元が違う。

聞けば、オズワルド自身が入学当初にシルヴィアに惹かれ、ずっと思い慕っていたとのこと。オズワルド自身が成人となる十八になり、姉ももうすぐ誕生日を迎えることもあって、魅力あるお嬢様がほかの男に取られる前にと話を持ってきたそうだ。

姉からの手紙でオズワルドについてそういった類いの内容はまったく書かれていなかったから、

私としては寝耳に水だ。

　婚約について、オズワルドは姉には両親が承諾すれば受けると返事をもらったと言っていたようだが、姉とオズワルドの性格（あくまで乙女ゲーム上でだが）を知る身の私は、きっと姉を丸め込むように言質を取ったのではないかと思った。

　慌てて学園にいる姉に手紙を送り、しばらくして返って来た手紙を読んで、前世の情報でオズワルドの愛し方を知っていた私は妙に納得した。

　知らない間に囲い込まれていた姉の気持ちを手紙から推測すると、嫌ではないが戸惑いのほうが大きいといったところ。

　その戸惑いの理由のひとつとして、きっと私が言いすぎた闇情報もあるだろう。なので、不安に思っているだろうと、『愛があるからいいのでは？』と返しておいた。

　容姿や身分だけで相手を判断する姉ではない。相手からのアプローチが前提にあったとしても、何かしら姉の心に触れるものがあるからこその戸惑いなのだろうし。なら、両思いとなるのも時間の問題だ。

　万が一誰かに読まれたときのため詳しくは書けなかったが、きっとこれでわかるだろう。

　その愛で方さえ耐えられたら、すごく良い物件だ。

　オズワルドの絶倫は愛の証。すごく愛されるし、大事にされるし、今回の馬車の手配もそうだがすでに伯爵家も恩恵を受けていて、スペックの高さは折り紙付きだ。

　さすが、シルヴィア。そして、入学初日から見初めていたらしいオズワルド。さすが私の推したちだ。前世で思っていた二人がくっつくとか萌えしかない。ナイスカップルである。

気は早いが、二人の子供は絶対可愛いに決まっている。衝撃が過ぎたら、もう喜びしかない。

私としても、血縁関係ができたので遠い存在であった推しにこれから会えるし、見ることも話すことも可能な関係になる。それに気づいたときはベッドの上で悶えまくった。

それからトントン拍子に話が進み、伯爵領の財政問題も公爵家の支援が決まり、私のしている事業にも出資を約束され、その後も何度か使者とやり取りをしてすでにいくつか着手しだしている。

推しのオズワルドに会えるのは、神に会うようなもので萌えの極み。

なにより、姉とも久しぶりに会えるのは喜ばしい。

だけど……

「ううぅぅ～」

「ティアったら、まるで牛さんね」

頭を抱える私に、ほほっとのんきに母が笑う。

牛さんね、じゃないから。私が何に悩んでいるかわかっていて、まったく憂いなどありませんと目の前で微笑まれると、ちょっといじけた気持ちになってしまう。

「だって……。ヴィア姉さまのことは喜ばしいですけど、今回領地のお話もするって言うから」

「そうねえ。ティアが頑張ってきたことが認められて嬉しいわ」

「そんな単純な話ではないと思うのですけど」

いや、もう、最高潮に期待と不安で今すぐ叫び出したい気分なんですけど！

「あら？　でも、認められて出資もしていただいているのですから、聞かれたことには自信を持って答えれば間違いがないと思うわよ」

「……うう～」

「牛さんね」

うふふっ、と母にまた笑われ、私は大きく息を吐き出した。

牛だと『もぉ～』なのだが、誰も母に突っ込まないところがこの家の味噌である。こういうことはしょっちゅうなので、いちいち茶々を入れていたら話が進まなくなるからだ。

私がさっきから唸っているのは、公爵家から伯爵領の野菜について直接話が聞きたいと事前に通達があったからだ。

すでに支援を受けているので下手なことは言えないし、自分の肩には野菜たち、伯爵領の未来がかかっていると言っても過言ではない。そのことを考えると気が重くなる。

それが、単純に旅路を楽しめない理由だ。

しかもだ。タイミング的に脱走カブと追いかけっこしていたのを見られているわけで、冷静に考えるまでもなく、あまりよろしくない現状である。

伯爵領の人々にとってはカブの足を見慣れておりあれが常識だったとしても、推したちは初見。脱走カブは仲間をその手に掴んでいたし、私はシュクリュとほかのカブを引き連れて追いかけていたのだ。端から見たらさぞかし珍妙な光景だっただろう。

そんな衝撃の場面を見たあとに、両親は『カブに足？　ええ、ここでは常識ですよ』や『実際携わっているのは娘なので、詳しいことは彼女に』なんて娘を讃えるつもりで言ったそうだ。娘に事業を任せていると知られても問題ないのかと聞いたのだが、両親は問題ないよと笑っていた。

のんびりで大らかな両親は懐が深いとも言うが、図太いとも言える気がする。

その日に会えなかったから、今回は話を聞かせてくださいねと事前に伝えてきたのだろうけど、考えれば考えるほど期待と不安、荒れ狂う前世の萌え衝動とで、今すぐ走り出したいくらいだ。その気持ちを吐く息に乗せる。

「はぁぁぁぁ～っ」

とにかくだ。私も野菜が動くメカニズムはよくわかっておらず、どう説明していいのかわからないが、やましいことはないので母の言う通り誠心誠意、経緯を伝えるしかない。

ついでにまだ説明していない姉にもやっと話せるし、頭の良いオズワルドとともに『カブやほかの野菜に足が生えて、特にカブなんかはずいぶんと個性を持ちだし意思を主張してくる件』についてなぜこうなっているのか解明し、今後とも問題ないと証明してもらえたら安泰だ、とまでは何度も考えている。

――推しなんだよっ。これから推しに会えるんだよぉ～！！！！

領地と珍妙な事件《こと》に対しての心配が頭の中を占めたり、推しへの興奮が爆上がりしたりと情緒が不安定だ。

記憶にあるゲーム上の姿が脳裏にちらちらすると、興奮が止まらなくなる。

麗しの人外のような美貌を目の前にして話すと思うと、話の内容にかかわらず心臓がばっくんばっくんと跳ね上がる。魅惑の紫水晶の瞳で見つめられ、あの低く甘いボイスを聞いて正常でいられるだろうか。

落ちついて座っていられず、もぞもぞとお尻の位置を変えて心を落ちつかせようと窓の外を覗いた。馬車が少し前から木々をぬって走っていたが、通り抜けたようで開けた道に入っていく。

「うわぁ、立派な建物がいっぱい」

街並みがずいぶん変わり、悩みも一瞬吹き飛ぶ。

初めて北部以外の土地に来たが、南下するにつれ建物の様子が変わった。さらに公爵領に近づくにつれ活気が溢れるようになったとは思って見ていたが、ここは今までの比ではないくらい都会だった。

森を抜けてからは街灯も設置され、木々も手入れされ、歩く人々の服装からして違う。

田舎では農作業をするため、なるべく動きやすい楽な服を選ぶからでもあるが、南部の女性は明るい色の服にレースを多様に装飾し、決して派手ではないのに上品に思えるものだ。

道もしっかりと整備されているところがほとんどで、まざまざと南北の違いを見せつけられる。

領によっては水陸路が整えられ、非常に発展していると聞く。今向かっているハートネット公爵領もそのうちのひとつだ。大きな運河はそのまま海へと繋がり、交流も盛んであるため、売られているものや扱うものは北では手に入りにくいものも多い。

「そんなところで、野菜たちの魅力をどうプレゼンしたらいいのかな?」

目の前の景色に気後れしてしまい、またそんなことを考える。

小さな声だったので、馬車の音で両親には聞こえなかったようだ。聞かれたところで、具体的な答えは両親からはもらえないと思うので、あえてもう一度は尋ねない。

好きなように、やりたいようにして大丈夫だと言われるだけだろうし、味方でいてくれることはわかっている。そんな両親のもとに生まれたから、こうして自由にやりたいことをやらせてもらって感謝しているし、とても心強い。

しばらく前世のヨーロッパの観光名所のような建物が並ぶ景色を眺めていたが、建物で光を遮られたのを機に、少しでも快適に過ごせるよう詰められたふかふかのクッションを触りながら、改めて馬車の中を見回した。

車体は柔らかなカーブを描き、ワインレッドの椅子にクリーム色のカーテン。チェスナットのドアは金で装飾が施されている。

車輪の音がガタガタと聞こえるが、振動は少ない。

衝撃は魔道具によって緩和されるらしく、しかも長距離分となればずいぶん魔力が込められているはずだ。

「お父様、この馬車に使われているような魔道具は南部では当たり前なのでしょうか？」

年に一度か二度ほど王都に出向く父に尋ねると、父は髪の毛同様の茶色の瞳を優しげに細めた。

出仕し、いつも帰ってくるたびに「腰が痛い、肩が痛い、何がしんどいって長距離移動がしんどい」と嘆いていたが、今はにこにこしているのでよほど快適なのだろう。

父も母同様、格上の貴族に会いにいくのに気負ったところもなく、私の言葉に成長が楽しいとばかりに笑う。

「ティアもこういったことに興味を持つようになったんだね。そうだねぇ、この馬車ほどのものは滅多にお目にかかることはないけれど、南部のほうが特化しているものが多いのは確かだ。どうしてもそういうものは貴重だからお金がかかるし、北部のほうには出回ることが少ないよ」

「やっぱり貴重なんですね。そんなものを貸していただけたのは、やはりハートネット様がヴィア姉さまを大事に思ってくださっているからなんですよね？」

「そうだね。私たちにも心を砕いてくださる方だから、きっとヴィアにとってこの話は悪いものではないと思うよ」

「そうですね……」

姉さえ良ければ……、それに尽きる。オズワルドが愛したのなら逃げられないだろうし、姉さま、がんばっ！　と心の中で祈っておく。

見える範囲では魔道具らしきものは見当たらないので、椅子の下とか見えないところに設置されているのかもしれない。

乙女ゲームでは攻略がメインであって、馬車の利用などそういった描写はあっても、細かな設定はわからなかったし気にもしなかった。

なので、こうして馬車の衝撃を吸収する魔道具があるなんて初めて知った。

やはり、あれはあくまでゲームであり擬似恋愛。生身の人間がどう思うかなんて、実際に過ごさないとわからない。

伯爵領ではえっさこらさと野菜たちと一緒に身体を動かしているが、もしかしたらもっと効率の良いやり方や魔道具があるかもしれない。魔力を溜められる道具があるのなら、改革事業でも自分がいなくても回るようになるかもしれないと、魔法の可能性に心が躍る。

来年には私も王都の学園に入学するので、このタイミングでの情報は天啓なのではないだろうか。

伯爵領が発展してきたと言っても、私の魔力がベースとなっている。もちろん、領民総出で頑張っているから結果がついてきているけれど、常に自分が関わらなければならないとあってはこの先問題が生じる。

二年間学園に行っている間、定期的には帰るつもりではいるが、留守が多くなると土地の状態が維持されるか心配だ。それに長期的に見て、私ありきの事業は発展が望めないと考えていたので、このたびのことはそういう意味でも良い機会だ。

どんな魔道具があったら便利か、前世の道具からヒントを得て作ってみるのもありかもしれない。出資者であるオズワルドにプレゼンするには、何から話すのがいいかと考える。

「そろそろ着くようだよ」

父の声掛けに、顔を上げた。

御者と門番がやり取りをしたあと、ギィィーッと大きな門が開き、馬車が屋敷の中へと入っていく。

——うわぁ、ゲームでもこの屋敷出てきたっ！

改めて、ここが前世のゲームの世界であると実感する。

自分が転生したと知り、会うこともないと思っていた推しに会えると思うと、とても感慨深い。

手でちょいちょいと髪を整え、シルヴィアの妹として良い印象を与えられるように、いつにも増して良い子でいようと瞳に力を込めた。


「私たちはまだ話し合いがあるので」

「ティア、またあとでね」

当たり前のようにオズワルドに腰に手を回された姉のシルヴィアが、私を心配そうに見る。

「ええ。ヴィア姉さま、また夜にたくさんお話ししましょう」

私が心配ないよと大きく頷いてにっこりと笑顔を浮かべると、姉は安心したのかふわりと微笑んで目を細めた。

相変わらず清楚で可愛いらしいと思って見ていると、同じように感じたのかオズワルドが腰をかがめて、ちゅ、と姉の額にキスを落とす。

それがあまりに自然で思わず魅入ってしまった。

姉のほうは顔を真っ赤にしてオズワルドを睨んでいるが、それさえも嬉しそうに顔を緩ませさらに甘さを乗せて見つめるオズワルド。

とろぉ～りと上質な蜂蜜がかかったような甘さと色気が、オズワルドから香り出す。

「もうっ、オズワルド様っ！」

おそらく日常的にされているスキンシップにささやかな抗議をして、オズワルドの視線に諦めたように息をついた姉は、また私を見ると困りつつも幸せそうに口元を綻ばせた。

花が綻ぶとはこういうときに使うのね、としみじみ思う。

笑顔がふわっと柔らかく開く様は美しい。愛されていることに満たされた、芯から漂ってくる良い香りに誘われる者も増えそうだ。その辺は、しっかりとオズワルドが排除してそうだけど……。

そんなことまで想像して、こっそり笑う。

「んんっ、……ティア、夜にね」

「はい」

頬をピンクに染めて恥ずかしそうに咳払いをしながら姉が声をかけてきた。

いろいろ尊すぎるとうっとり二人を眺めていた私は、返事とともに破顔する。

もう、この空間が愛おしすぎて仕方がない。ふにゅぅぅぅーっと叫び出したい衝動を堪え、澄ました顔を貼り付けた。

彼らが去っても一人になるわけではないので気が抜けない。気を引き締め直さなければと、背筋をぴんっと伸ばす。

「では、アンドリュー殿下、我々は退席しますので彼女をよろしくお願いします。行きましょう、ヴィア」

オズワルドの言葉からわかる通り、なぜかここにいるはずのない人がいる。

二人が退室するのを見送り、これまたどうしてこうなったのか王子と二人きりにされてそろりと相手を盗み見た。

目の前に座るのは、金髪碧眼の攻略対象者、アンドリュー・ジュード・ハインリヒ王太子殿下その人である。

王子にじっ、と興味深げに観察していることを隠さず見つめられ、私は口端をひくりとさせた。

「ロードウェスター嬢……、いえ、ややこしいのでフロンティアとお呼びしても？　前回、ロードウェスター領にオズワルドと訪問した際に見かけたのですが、滞在時間も短くすれ違ってしまったので残念に思っていたんです。今日はお会いできて大変嬉しいです」

にっこりと笑みを浮かべ、親しげな口調かつ丁寧に話すアンドリュー王子。大きな窓から差し込む明るい陽光が、プラチナブロンドの髪をより一層輝かせる。

短く切り揃えられた髪から端整な顔を惜しげもなく晒し、すべてを見透かすような澄み渡る空の色の瞳は力強く、吸い込まれてしまいそうだ。

足を組んだ姿も様になっており、丁寧な口調でありながら王族の威厳を放ち、控えめに笑むように引かれた口元が優しさを演出する。

どれだけ親しげな口調であったとしても、高貴な身分だと端々から感じられ、おいそれと気安く接することを拒否していた。

——さすが、腹黒王子！

ゲームでちらりと出てきた王族としてのアンドリューは、政治的に利用できるものはなんでも利用するし、不要だと思ったらばっさりと切り捨てる俺様王子。

それは王族であり、国の上に立つ者として必要なことだ。優しいだけでは務まらず、腹黒という一面は必要だと理解できるし、それだけでその呼び方はどうなんだろうって思っていたのだが、対面してわかった。うん。腹黒俺様王子だ。

優しいだけの笑顔じゃない。人心を掴むのがうまく、するりと他人のスペースに入りながら、相手には立ち入らせない。決して上位は譲らない。

強者がどちらかわからせた上での優しさなんて、腹黒以外の何ものでもない。

私が乙女ゲームの情報を持っているからそう感じる部分は大いにあるとは思うが、とにかく醸し出す空気が只者ではない。

さすが、策略家でもある推しのオズワルドが仕える人物だと納得した。

ふぅっと小さく息を吐いて、王子と対面する。相手からは見えないだろうけど、足もきゅっと閉じ太ももに力を入れ、なるべく隙を見せないように姿勢を正した。

失礼にならない程度に笑顔もつけて、なるべくお淑やかに見えるようゆっくりと言葉を発する。

「オズワルド様にもお話ししましたが、先日は少々込み入っておりましたので、お越しの際に顔を出せず申し訳ありません。それと名前ですが、殿下のお好きに呼んでくだされればと思います」

こちらに拒否権はないし、攻略対象者に認知されて名を呼ばれるなんて記念でしかない。

王子の登場に驚きはしたが、こんなことでもない限り会える人でもないので、これ幸いと不躾にならない範囲で王子を観察する。

姿勢かな？　佇まいからして高貴さが溢れ出ていて、それを後押しするように顔が良い。蠱惑《こわく》的なオズワルドの瞳もだけど、アンドリューの澄み渡った何もかも見通すかのような綺麗な瞳も好きだ。

さすが皆、容姿端麗、それぞれ旨味の違う攻略対象者様である。画面越しに散々見ていたが、生は迫力が違う。生声がずきゅーんって胸の辺りを打ってくる。

それにちらりと漏れ聞いた話では、ヒロインの魅了に掛からずしっかり対策したようで、現実の攻略対象者たちの頼もしさは喜びでしかない。

そんな相手が目の前にいるのだ。はっきり言ってご褒美タイムだ。

あと、先ほどまでの会話で直接オズワルドに「オズワルド様」と下の名前を呼ぶことを許された。

しかも「ヴィアの大事な妹ですからね。私も親しくありたいと思います」なんて、ヴィア姉さまをうっとり見ながら話すものだから、私のテンションは高くなっている。

あの美貌。そして、大好きな姉に向ける隠しもしない溺愛。

ご馳走さまです！　姉とオズワルドの二人推し。このカップル、尊すぎるといまだ興奮状態だ。

というわけで、王子の存在にも当然興奮はしているのだが、最推しの強烈な色気とアタックを乗り越えた私は、どうしてアンドリューと二人きりで対面しているのか疑問はあるものの、比較的落ちついており変な気構えはない。

「オズワルドとロードウェスター嬢の婚約は喜ばしいことですね。私もフロンティアとこうして出会えて嬉しく思いますよ」

「……ひっ」

「ひ？」

「いえ、なんでもありません」

思わず悲鳴が出かけた。美形王子にまるで口説かれているかのような言葉を受けて、すっごいぞわぞわしてしまった。対外モード全開の王子は、こそばゆいし恐れ多いにもほどがある。

だって、親しき者には『俺』や『お前』といった口調で話すのを知っているし、そんな相手ににっこり微笑まれて、じぃっと見られて、あなた何を企んでるのって思ってしまう。

「ふっ。フロンティアにはいろいろ聞きたいと思っていたんですよ」

そう告げたアンドリューが、なんとも言えない微笑みとともにすっと目を細めた。

その動作にドキッとする。私は視線に耐え切れず、不自然にならないようにそっと視線を外した。

すると何を思ったか、アンドリューが立ち上がった。

思った以上に身長が高い。しなやかな身体つきは、決して華奢ではなく鍛えているとわかるものだ。

急にどうしたのだろうと彼を視線で追いかけると、なんと私が座っているソファに座り直したではないか。

「……えっ？」

王子と同じソファに座るとかありえない。いうなれば、次期国王と同じ席に座っているということだ。恐れ多すぎて、身体がカチコチに固まる。

大きなソファなので密着はしないが、身体を斜めにして覗き込まれ、私は一瞬息を止めた。

目の前で美貌の攻略対象者が微笑む。最高権力者である王族の長子が、オズワルドと姉が婚約しなければ存在を認知されることも会うことも決してなかったであろう人が、貧乏伯爵家の次女である私を見ている。

その近さに、こきゅんと喉が鳴った。

「有意義な時間になると思っているよ」

ひぇぇぇ〜〜。会話の時間を楽しみにしているとも取れるけれど、有益な時間を寄越してくれるよな？　との脅しとも取れる。きっと後者だ。

「殿下を退屈させないよう、精一杯努めさせていただきます」

ギャップ萌え担当腹黒王子（ゲーム情報）、との出会いを果たし、固まりかけた顔に無理やり笑みをくっつけあわあわと宣言した。

私の言葉におやっと眉を跳ね上げたアンドリューは、まるで得体の知れないものに遭遇したかのように驚きをあらわにすると、ふっと笑みを深める。

「それは楽しみですね」

声は先ほどよりワンオクターブ低くなり、脱却しつつあるとはいえ貧乏伯爵家の屋敷とは比べものにならないほどの大きな部屋が、気のせいかさっきよりも狭く感じられた。

窮屈さと重みに、ぞくっと肌が粟立つ。

「ふひゃっ」

「ふひゃ？」

また声が出てしまった。しかも、変な声。

その上それをリピートされるなんて、もうどうしていいのかわからない。

王子と対面するとびっくり箱を前にしたみたいに、自分でも予想がつかない声が出るようで、私はきゅっと手を握りしめた。

「申し訳ありません。少し、驚いたもので」

「驚くねぇ」

まじまじと見つめられ、動揺で瞬きが速くなった。

——ああ〜、返答間違えたかも……

普段彼が前面に押している品行方正な王子様の姿を信じ、そこは言葉の裏なんて気づいたら駄目だったのだ。

私が王子の見かけに騙されないのは前世の情報があるからだし、公の場では常につけている仮面も、彼の一部であり立派な武装でもある。

その武装に無意識に触れようとしたから、この反応なのだろうか。

本当にやってしまった。一般的な令嬢の反応のようにその美貌や地位に恐れをなしながらも見惚れておくべきだった。

そんな相手に有意義な時間と言われて、ばっちこーいとやる気満々の答えを返してしまった。

————……っ、腹黒王子ぃぃぃ!!

一瞬も気が抜けない。そろり、とアンドリューを見やって私はびくっと身体を跳ねさせた。

先ほどよりさらに読めない表情を浮かべた王子が、ゆっくりと口角を上げていく。

「退屈、させないんだよね？」

うわぁぁぁ〜、言質とったぞとばかりににんまり微笑まないでくれませんか？

ちょっと、腹黒ちらちら見せなくていいですからね。

私は何も知りませんし、気づいていません！　……い、今からでも遅くない、はず。

何も知らない無害な令嬢になりきらなければ。気を引き締め、いつもの五割増しで貴族令嬢らしくあれとふわりと控えめな笑みを浮かべた。

猫かぶり対決のゴングが、カーンッ、と小気味良い音をさせて頭の中で響く。

「きょ、恐縮です」

「フロンティアに会えるこの日は待ち遠しかったですよ。姉君のシルヴィア嬢は学友としても素晴らしいですから、妹君もさぞかし素敵なご令嬢だろうと楽しみにしていたんです」

「ありがとう、ございます？」

返答のしにくい表現に、私は微笑みのため口端を引いていたのだが、その唇がわなわなと震えそうになった。

「褒めていますからね。それだけ期待も高く、そして今は満足しています。実際に出会ったあなたは非常に興味深くて、時間を割いてでもここに来て良かったと思ってます」

「はあ……」

「ふっ。辺境伯領からの帰りにわざわざ馬車で回り、オズワルドに無理を言って同行したのは、私自身もロードウェスター領の作物が気になったからで、フロンティアに話が聞けるのを楽しみにしていたんです。残念ながらその日は遠くからしか拝見できなかったので、余計にこの口が待ち遠しくて仕方がありませんでした」

凛とした声は力強さをもってよく通り、私をくまなく検分するかのようにまとわりついてくる。

ひくっ、とまた引きつりそうな表情を慌てて笑みに変え、恐れ多いですとばかりに控えめにちょっと困ったとほんのり眉を下げ、小さな声で返事をした。

「……殿下に会えて光栄でございます」

「ふふっ。そんなに緊張？　いや、気構えなくても伯爵が不利になるようなことは聞かないから安心して。ただ、個人的にもフロンティア自身に純粋に興味があってね」

いやいやいやいやいや、個人的とかそっちのほうが恐ろしすぎるんですけど。なに、貧乏伯爵家の次女に興味持っているんですかっ！

煽《あお》ってくるセリフに、とうとう我慢できずに顔を引きつらせてしまった。それでも相手がにっこり笑ってくるならこっちも笑い返そうと、同じように笑みを浮かべ直す。

何もわかりませんよ、と聡明で可愛い姉を参考に小さく首を傾げて無垢な感じを演出する。その上で、相手が見てくるならこちらも見てやろうと、まじまじと観察した。

近くで見ると金の睫毛に縁取られた瞼の奥の、鮮やかな蒼海や澄み渡る空のような色は本当に美しかった。今日みたいに晴れた日はさらに自然美と融合され、王子の放つオーラとともにさらに神々しい。

推しのオズワルドとは違った意味で、アンドリューとの時間は緊張を強いられる。

それは彼が最高権力者だからなのか、相手までも取り込み溶かしてしまいそうなほど綺麗な瞳が自分をやたらと見ているためか。

さらに身体を私に向けたアンドリューが、「それで」と笑みを含んだささやきを落としてきた。

「…………っ⁉」

気づいたときには距離を詰められ、碧色の瞳と思いのほか近い距離で目が合っていた。

思わずんんんんっと声にならない悲鳴を上げて顎を引いた。

心臓が壊れるのではないかと思うほどどばくばくしている。

そっと胸に手を置いて、落ちつけ〜と息を吐き出すが、なかなか動揺が収まらない。

目の前の王子は、この国の頂点に位置する人。粗相があってはいけないし、アンドリューの心証次第で没落だってありえる貧乏貴族。曲がりなりにも私も一貴族の娘。しっかりと対応しなければならない。

ふぅっと息を整えると、気合を入れ直しアンドリューを見た。

「大丈夫？」

「はい」

——大丈夫。でも、ものすごく近すぎるんだけど……

予想していなかったとはいえ、オズワルドの次に好きなキャラであったので緊張する。

しかも、なぜか興味を持たれているようで、これが今後伯爵家にとってどう転ぶか自分の身にかかっているところも気が重い。

小娘の言動ごときに非情な判断はしないと思うし、そこまで非道ではないだろう。だけど、相手は腹黒王子。なんらかの意図を持って自分に接していると思っていたほうがいい。つくづく、心臓に悪い王子だと思う。

この世界のヒロインとなるはずだった男爵令嬢は、マナーもなく気安く突撃していたらしいが、隙のない笑顔で威圧感を放つ王子相手によくそんなことができたものだ。まあ、だからこその結末。気づかなかったからこそ、糾弾されたのだろうけれど……

姉の話から推察するにどうやら同じ転生者っぽいから、同郷のよしみでどうにかならなかったかと思わないではないけれど自業自得である。

選択肢は無数に存在し、己で選び取った上での結果なのだから、自分自身が受け止めるべきだ。それも、我が身に言えること。

ヒロインは美形ばかりを前にのぼせ上がってしまったのかもしれないと、手を伸ばしたら届く距離にいる美貌の王子を見ながら、もう一度気を引き締め直す。

吐息さえロイヤルな香りをさせるアンドリューに気づかれないように、お尻を後ろに下げ距離を取った。

穏やかに笑っていても、その瞳の奥が私をしっかり品定めしているし、ちょっとしたことで心情など看破されそうだ。

やっぱり、笑顔装備。令嬢装備は必須。

王子のにっこり笑顔も自分の心情を読ませないためでもあるのねと、心持ち先ほどより距離を空けられたことにほっとしながら改めて思った。

私は笑顔、笑顔、と呪文のように内心で唱えながら、再びそろりと王子を見た。

「何かな？」

途端、直接脳を震わせるような美声に、また身体がびくりと跳ねる。

アンドリューはじっとこちらを見ていたようで、視線が合うとやけに艶やかな碧眼がすぅっと細められた。

「……いえ、なんでもありません」

慌てて、ぷるぷると首を振る。アンドリューが身につける柔らかな芳香が鼻に触れて、画面越しでは感じることがなかった匂いが心臓に悪い。

ここで初対面したとき、私は右手を取られ触れるだけのキスを落とされた。

王子にレディ扱いされたこともそうだが、その後の微笑みながら獲物を見つけたような鋭い瞳に己を晒されて妙に落ちつかなくなった。

姉たちがいる間もふと気づけば王子の視線を感じていたが、今は隠しもしない一点集中の、しかも近距離で見られている。

穏やかな笑顔だがその瞳が面白そうに細められ、せっかく空けた距離をご丁寧に向き合おうと足を動かした王子によってあっさりと戻される。

それに驚いて一瞬また腰を引きかけたが、いちいち気にしていてはこの先気が持たないと高貴なる人の次の言葉を大人しく待つ。

その様子を見ていたアンドリューが、満足そうに口角を上げた。

「それで？」

再度同じ言葉を言われ、んん？　と軽く首を傾げると、アンドリューの双眸が獰猛に細められる。

緊張で喉が張り付き、返す声が思ったよりも小さくなった。

「それでとはどういう意味でしょうか？」

「フロンティアなら、次の言葉はわかるんじゃないかな？」

私は内心憤慨した。

――全然優しい王子じゃない。腹黒王子めっ!!

探り試すような言葉。確かに口調は丁寧なのだけど、噂通り優しい王子なら初対面の令嬢にこんなセリフは言えないはずだ。

試したくなるような、思わず意地悪を言ってしまうほど、自分は王子の琴線に触れることをしただろうか？

思い当たるのはやはり伯爵領での脱走騒動くらいだ。それとも、私が気づかない別件？

「次の言葉、……ですか？」

「そう。私が何を聞きたいか、賢いフロンティアなら想像ついているのではないかと思ってね」

「…………………ああ～～、カブ？　でしょうか」

というか、それしか心当たりがない。

あっ！　あのとき王族とは知らなかったとはいえ、遠くから軽く会釈だけとかかなり失礼な態度だった。それに気づき、慌てて頭を下げた。

「申し訳ありません。あのときは殿下と気づかずろくに挨拶もせずに」

「気にしなくていいよ。私が誰かわかっていなかったみたいだしね。それよりも、ずいぶん面白い光景を見せてもらったよ。あれからずっと君たちの姿が視界に焼き付いて離れなくてね。ここに来ると聞いてから、今度こそ逃げられる前に会いたいと思っていたから」

逃げるとは人聞きが悪い。だが、ダッシュして駆けていった姿を見たアンドリューからしたら、そう感じるのも仕方がないかもしれない。

「……それは、大変申し訳ないことを」

「だから、気にしないで」

「ですが……」

いろいろ忙しいであろう相手の記憶に妙な形で引っかかったせいで、高貴なる方に足を運ばせてしまったようだ。

つまり、当日に会えなかったから余計な手間をかけさせた分、少し当たりが意地悪だったのだろうと予測をつけた。

理由がわかり、私はほっと息を吐いた。

王子もまだ十代。そんなことで意地悪するなんて年相応な面もあると思うと親近感が湧く。

あと、気になって仕方がなかったから合間をぬってやってきたのだと思えば、動機としては可愛らしく憎みきれない行動だ。

それにしても、ゲームでもそうだったけど王子はフットワークが軽い。多忙をものともせず、ヒロインを愛し求めまくっていたからね。体力気力、そして好奇心おばけでもあるようだ。

普段からものすごく広い範囲でアンテナを張っていて、楽しいことをいつでも探してそうだ。

「むしろ、フロンティアのおかげで今日が楽しみで公務がはかどったよ」

「……そう、ですか」

ほら。やっぱり変に興味を引いてしまったようだ。

アンドリューがこんな好奇心おばけなんて知らなかった。いや、好奇心があるからゲームでは身分差など気にもせずヒロインに惚れ、そしてその実力と腹黒たる実行力で周囲を認めさせたのだろうけど、行動力はさすがとしかいいようがない。

実際、あっさりと魅了を見破り、ついでに罠を仕掛けて背後の者をあぶり出し捕獲する腹黒王子とその側近たち。

そんな王子と差しで会話なんて、気力が持つだろうか……

「ということで、楽しい楽しい話をしようか？」

「楽しいかどうかは」

「だって、退屈させないと言っていたからね。フロンティアには大いに期待しているよ」

「……はっ」

私は、ははははっと笑みを浮かべたが、にっこりと笑みを深めた王子の前にきゅっと頬を引き締めた。

アンドリューは整った顔をきりりとさせ、まったく隙を見せない所作で静かにこちらを見ていた。

ただ、澄んだ青空のような瞳は悪戯っぽく細めている。

――心臓が持たない気がする……

王子の様子に気が遠くなり、私はふっと遠い目をした。

第四章　腹黒王子にロックオンされました

アンドリューのプラチナブロンドの髪が日差しに照らされて透き通り、光さえ王子のもとに集めてしまうかのようだ。

さらに、その蒼海の瞳はいっときも私から視線を外さず、隅々まで見通そうかとするようにじっと覗き込んでくる。

「向かう際に歩くカブの行列を見せてもらったが、あれはどんな魔法を使ったのかな?」

先ほどよりも楽しげに笑みを湛えて問われる。

んっ?　と軽く首を傾げ答えを促す様も絵になり、その破壊力にうっと呻いた。

推しじゃなくてもさすが攻略対象者。スペックが高い。

不覚にも心臓はとくとくとくと早鐘を打ち、うっかり見惚れてしまいそうになった。

ふぅぅぅーっ、と姉と推しのことを考えて気持ちを紛らわせる。あの空間に耐えたのだから、王子とのこの時間も耐えられるはずだ。

「やっぱり、魔法ですかね?」

「それ以外の何があるの?」

「そうですよね……」

ぱちりと瞬きをしたアンドリューに逆に問いかけられ、確かにそうかと素直に頷く。

散々検証もしたし、自分が携わった畑から実りが良くなったと考えると、自分の持つ何かしらが関係することはわかってはいる。

だけど、私には野菜を育てるときに魔力を流した感覚がないので、魔法を使用している実感もない。しかも、魔法については曖昧で深く考えるのを放棄していたので、改めて断定されると少し居心地が悪い。

秀眉を若干寄せた王子が、挙動不審になって視線を彷徨わせる私を不思議そうに見た。

考えを巡らせるように、ついっと右中指の背で私の前髪に触れる。すぐに離れていったが、真意のほどを知ろうと覗き込んでくる。

「それは……、フロンティアは具体的に魔法を使っている意識はなかったということかな？」

力強い視線に一抹の不安を覚えつつ、臆することなく見つめ返した。

本当にわからなかったのでそのまま正直に話す。

「はい。おっしゃる通りです。ただ、元気に育ちますように、美味しくなりますようにと思って作業していただけです。私が関わることでどんどん野菜たちが進化し種類や数も増えていったので、今ではそれだけとも言えない気もしますが、土壌改善的な力を持っているのではと思っています」

「なるほど。そういうこともあるか……」

そこで王子は人差し指を唇に当てて考え込んでいたが、視線を上げると右手を差し出してきた。

「フロンティアは学園に入るのは来年度からだったね。手を見せてもらっても？」

一瞬、何を言われているのかわからなくて私が首を捻ると、王子は小さく口の端を緩め差し出していた手をひらひら振り、なんでもないことのように告げた。

「私はね、ある程度の魔力の流れや性質なら見ようと思えば見抜ける。知っている者は知っている王族の特性だね」

「そうなんですか？」

私はひらひらと揺れる長い指を視線で追いかけながら、言われた意味を咀嚼《そしゃく》した。

魔法は奥が深く、ゲームの設定では簡単にしか触れられていなかったので、田舎暮らしの修学前だとまだまだ知らないことだらけだ。

「そうだよ。だから、出してごらん」

「……はい」

アンドリューに促され、そろそろと手を差し出した。

ケアを怠ってはいないが、農作業で焼けた肌はほかの貴族令嬢よりも荒れているだろう。少なくとも、真っ白くもつるつるすべすべでもない。

そんな手をまじまじと見られるのかと思うとちょっぴり恥ずかしくなったが、今更かと、ふ、と息を吐き出した。

自分より大きな手に包まれて、ときおり、つつつっと指でなぞられ、ぴくりと身体が反応する。

思わず手を引きそうになったが、それよりも先にがしっと捕まえられた。

「ごめんね。くすぐったかったかな？」

「いえ。大丈夫です」

「そう？　我慢してくれると嬉しいな」

「……はい」

眉尻を下げ、申し訳なさそうな顔で言われては頷くしかない。

話している最中も、確認するように親指で押さえられたり、やたらと優しい手つきがどちらかというと気持ち的にこそばゆかった。

また視線を落として真剣な表情で私の手のひらを見つめ、くるりと返され甲を見ている王子の姿は真剣そのものだ。こんなイレギュラーでなければ、決して拝めない高貴な美貌を目に焼き付けておくことにする。

間近で見ても、アンドリューはやはり美形である。現在伏し目がちの瞼を縁取る金の睫毛が、ぱさぱさと視線を動かすごとに揺れており、どの角度から見ても美しかった。

気を許した相手には口調も崩れるが、テリトリーに入れた相手には茶目っ気を出したり、普段の品行方正、爽やかでありながら隙を見せない王子からは考えられないくらいのギャップ持ち。

そして、そのバイタリティーをもってして、愛した女性は隙あらば攻め、場所は外でも関係なくでろでろに甘やかしながら俺を満足させてくれと求めてくる。

さっきのちょっと申し訳なさそうな顔とかもなんかきゅんってくる感じで可愛かったし、まだ生では見ていないけれど不敵な笑顔だとか、そういった表情がより一層王子の魅力を引き出し、求められた上でいろいろされたら惚れてしまうのもわかる気がする。

攻略対象者のすごさをまざまざと感じていたところで、アンドリューはもう一度手のひらへと視線を戻し、私の手を掴んだまま視線を上げた。

「フロンティアの魔力は土、自然と相性がいいようだね。伯爵領の土壌もフロンティアが関わることで良くなったという推測は正しいと思う」

「本当ですか？」

この国の王子の御墨付きをもらえるのは非常に心強い。私は気持ちがぱぁっと明るくなった。

「そうだね。それに…………、この話はまたでいいか。とにかく、実践し、検証し、結果を出しているようだから、野菜がよく育つ理由はそれだろうね。ただ、歩く野菜に関しては、……どうかな」

ふむ、とさらに近づいてきたアンドリューが、私の手を顔の前まで持ち上げて観察する。しげしげと眺められ、何が見えているのだろうと一緒になって目を凝らすと、手越しに碧色の綺麗な瞳と視線が合った。

くすりと小さな笑声を漏らしたアンドリューが目を細める。不意にがっちり視線が合って、私は驚きで目を見開いた。王子はそんな私の姿に、ぷっと小さく吹き出す。

「ふ、くっ。ああ、ごめんね」

「……いえ」

何が王子の笑いのツボに入ったのかはわからないが、ご機嫌ならそれでいい。

それよりも、もっと野菜と魔法について教えてほしい。そう思って、期待のこもった眼差しをアンドリューへと向けた。

それを読み取ったアンドリューが、ふるふると肩を震わせた。

「……ふふっくっ……、……ああ～、そうだね。歩く野菜に関しては魔力を見るだけではわからないな」

「そうですか……」

明らかにしょんぼりした私に、王子が励ますように目元を緩ませた。

「今のところだから、ね」

「はい」

こくりと頷くと、ぽんぽんと頭を撫でられる。

――――えっ？　王子に、頭を撫でられたぁー！

びっくりして再び大きく目を見開き凝視すると、王子がふっと笑う。

瞳の鮮やかさに眼を奪われる。さっきまでの探るような視線は鳴りを潜め、少しだけ温かいものが混ざっていた。

そんな瞳で見つめられると眩暈を起こしそうだ。

私はこくりと喉を鳴らした。

アンドリューより私は二つ下なので、この仕草なのだろう。王子にそんな扱いをされるなんてすごく得した気分、ということにしておこう。

ぱちぱちと目を瞬いていると、王子がにっこりと話を先に進めた。

「それで、美味しくなれと思った以外に何か思わなかったかな？　そもそも考えるだけ、思うだけで、魔力が勝手に漏れ出るということ自体が不思議なのだけど。フロンティアの言葉と実際の伯爵領の状態を見たら、そう信じるしかないが」

王子にそう言われ、私はそこではっとした。ついでにまるでひな鳥みたいに、軽く口も開いてしまう。

「殿下!!」

「ん、何かな？」

私が意気込んで声を張り上げると、アンドリューが目を細めた。心なしか口元が穏やかに緩んでいる。

「それです。関係ないかもしれないのですけど、ちょっと思っていたっていうか。野菜たちが空を飛んでくれないかなって思いながら何度か作業したことがあります」

「空？」

「はい。そうです」

うんうん、と興奮しながら頷き、私は窓の外の青空へと視線を向ける。

同じく外へと視線を投じたアンドリューであったが、私より先に視線を戻すと、面白いおもちゃを見つけたとでも言わんばかりに、にぃっと美麗な笑みを浮かべた。

「野菜が？」

遅れて窓から視線を外してアンドリューを見たけれど、王子との会話の内容に夢中になった。

「はい。ご存じの通り、伯爵領は非常に慎ましやかな領地ですので、道の整備などに回す資金は当初まったくありませんでした。なので、時間や人手や資金面で、野菜が売り場に直接飛んでいってくれたらいいのになぁって思ったことはあります」

そうそう。前世ではドローンで宅配を試みている地域もあって、デメリットもまだまだ大きかったが、実際問題、空輸は最短距離で時短である。

伯爵領はお金もなく、舗装や馬車のことを考えると資金も浮くし、便利だろうなくらいからの発想だった。野菜自ら飛んでいってくれたらすごく効率が良いし、魔法がある世界なのでそれくらい夢見てもいいなと妄想したのだ。

そういえば、その直後くらいから野菜に足が生えだした。

そのとき、もしかしてその妄想のせい？　と土壌が改善されたとき同様、そういう願いが魔法に現れたのかなとは、恥ずかしながらうっすらと思いはした。

野菜に羽が生えるよりは現実的だし、根っこが足の役割をするならありえなくはないかと。

だけどさすがに、土壌についてはなんとなくわかるのだが、野菜に足は行きすぎたと思ってその考えを打ち消したのだ。

今の今まで忘れていたけど、姉のシルヴィアには一応話しておこうと思っていたことだった。

「それで空を飛べと？」

「勝手に飛んでいってくれたら助かるなぁって考えたことはあります」

「…………」

そこでアンドリューは掴んでいた私の手を額に引き寄せると、ぷるぷると肩を震わせた。

「殿下？」

「くくっ、あーーっ、なんだそれ。面白すぎだろ」

アンドリュー王子に心底楽しそうに笑われ、うひゃん、と私の身体に衝撃が走った。

涙を溜めて笑いが堪えきれないと拭う手の中には、己の手があるし、なにより、なによりだ。

――――俺様が出てます～～っ。王子ぃ～～!!

目を見開いて、私は心の中で絶叫した。

手から伝わる振動と温もりを感じながら、眦《まなじり》に涙まで溜めて笑うアンドリューをわけがわからず眺めた。王子が笑うたびに自分の手も震え、吐息が手にかかる。

「で、殿下……」

手に息が、息がかかっておりますよ？

決して力強いわけではないのに、しっかり握られたそれは抜こうにも抜けない。そっと腕を引こうとはするのだがどうにもうまくいかなかった。

「ん？」

ん？ じゃないです。低くこもった声とかセクシーな生声とかもうやばいのだけど、堪能する余裕なんてない。

「……ぁっ」

しかもだ、なぜか私の指で眦《まなじり》を拭く王子。

じわり、と湿った感触が指先に触れ、頬が紅潮する。

——攻略対象者の涙を拭いているのが自分の指とか、信じられないぃ～。

その際にも、澄み渡った青空の瞳でじっと見つめられ、緊張でこくっ、と中途半端に喉が鳴った。

「ふっ」

「ヒアッ」

再び笑うアンドリューの息が手のひらにかかり、全神経が向かっているのか全身に静電気が走ったみたいにびくっとする。

「くっ、可愛い反応だな」

「……っっっっっ！」

言葉の代わりにとばかりに、顔はわかりやすいくらい真っ赤になっていくのがわかった。

びゅうーんと王子が言った言葉が駆け巡る。

可愛いってなんだ？　可愛いってなんだ？　可愛いってなんだ？

可愛いって広義だ。愛想を含むそれは褒めてはいても、放つ本人に深い意味がないほうが多い。なので、こんなことで反応してはと思うのだが、同世代の異性、しかも美形で高貴な相手にそんなことを言われ慣れない私はもろに反応してしまった。

だけど、散々乙女ゲームをしてきたからこそ、甘い言葉は聞き慣れていた。むしろ、それ以上のあれやこれやも知っているのだ。

反応する自分が悔しい、そう思ったおかげで少しだけ冷静さを取り戻す。

「そ、ういうのは、いいので」

途切れ途切れにぼそぼそと意思表示をして、真っ赤な顔を見られたくなくて俯きながら、ついでにもう一度手を抜こうと試みる。

だが、ひょいっと肩を竦めた王子に、さも当然だとばかりに言い放たれる。

「思ったことを言ったまでだ」

うぐっ。心臓が持たない。言われたほうはたまったものではない。

これも大して深い意味がないのだろうけど、私だってお年頃。可愛いって言われれば嬉しいし、気持ちのままと言われれば、頬が緩みそうになる。

「……そう、ですか。……そのっ」

もう耐えられないと、ちらっ、と視線で掴まれた手を見て訴えてみる。ここは物理的に距離を取りたかった。

接近戦は不利すぎて、知らずに眦《まなじり》に涙が溜まる。

笑顔勝負なんて気にしていられないほど心が乱される。

王子が、王子が、ひどすぎるぅっ、と誰もいなければ呻いていたくらい、他人事だったらきゃって興奮するくらいの完全な王子様《ヒーロー》だった。放つ言葉にためらいもない俺様具合がまた素晴らしい。

さらに追い討ちをかけるように、王子が目の前で少しばかり口の端を上げて美麗な笑みを深めた。

「ああ、悪い。フロンティアの手は触ってて気持ちがいいからな」

「…………ぁぁ」

ああ～、無理。もう、無理ですぅぅぅぅ。そこ、触り心地じゃ駄目なの？　触ってて気持ちがいいってなんかやらしい。

破壊力が凄すぎて、攻略対象者はやっぱり眺めているだけでいいと本気で思った。

容姿だけじゃない。雰囲気が、会話が、匂いが、空気が、すべてをもって攻めてくる。実際に体験してしまうと、心臓がとくりと高鳴り、そわり、そわり、と体感したことのない波紋が広がっていくようだ。しかも、本人は意識的か無意識か、口調も崩れ素が出ている。

にっと笑った姿とか、画面越しに側近やヒロインにしか見せなかった顔が眩しすぎて見ていられない。やっぱり誰にでもたらしにかかるとか、さすが攻略対象者《メインヒーロー》と感心さえする。

免疫がなさすぎて、くらりと眩暈を覚え、瞼を伏せた。

ふっ、とまた笑う気配。

王子、よく笑う人なんだなっとどうでもいいことを考えていると、「フロンティア」とどこか甘さをも含む声で名を呼ばれる。

若干の抵抗はあるが仕方なしに視線を上げ、私はまた打撃をくらった。

にこっと笑い、視線を逸らすなとばかりに手をきゅっと握られる。

腹黒と正統派王子の笑顔の使い分けがうまい。その笑顔をもって、結局手は離してもらえないらしい。

「う……、くっ」

苦行だ。目を見開き固まったままの私を見て、アンドリューが鮮やかな眩しい笑顔を向けてくる。

にっ、と引かれた口元がいたずらっ子ぽくて、さっきまでの王子の見本のような笑顔から、一気に親近感を抱かせるものに変わる。

その上、掴まれていた手を繋ぎ合わせるようにして握り直すと、じっと静かに見つめてきた。

ずっとだ。ずっと、王子が好戦的で好奇心を隠さない瞳で見てくる。まるで肉食獣に舌舐めずりされている気分だった。

「………あのっ」

「ふっ」

耐えきれず声を上げると小さく笑われるだけで、私の何かを見極めるような光を宿した明るい碧眼を見た途端、内心呻いた。

ううぅ。王子、俺様感出さないで引っ込めてください。

精神的な距離が十分にあってもいいんで、穏やかな笑みを貼り付けておいてください！

それと、手はいつまで握られたままなのでしょう、……か？

視線で訴えても無視されたし、魔力を見てもらっていた手前、そのことについて言及しにくい。

そもそも、王族がすることに強く意見を出せる立場でもない。それを免罪符に、そこはもうスルーすることにする。

内心の動揺を隠し……、きれているかどうかはわからないが、過剰には出さずに、美貌の王子をついつい見てしまう。

ゲームで感じた煌々とした雰囲気をそのままに、すべすべした肌、惹かれてやまない瞳、意外と高い身長に鍛えられた身体、彫刻のように整った美貌が自分の眼の前にある。

生の美形っぷりのやばさに、脳が過剰摂取だと訴えている。

しかも、王子の王子たる攻めっぽさに当てられ、もうしんどい。

——おねがいですから、王子の品行方正爽やかさんの仮面をずらして、腹黒をちらちらさせるのはやめてくださいっ！

切々と願う。

そもそも、すでに最推しの拝顔で萌えが満たされ許容量を超えている。加えてアンドリューとの近距離でのやり取り。現実にいる、しかも手を握られていると思うと、意識がアンドリューに吸い寄せられて仕方がない。

うむむ、と自分より大きな手に包み込まれた手を気にしつつ、このままではいけないと、それらを飛ばすように瞬きを繰り返した。

だが当然、視界いっぱいのアンドリューはそこにいて、私は諦めの吐息をつく。

「その、そんなにおかしなこと、でしたか？」

「——ふうん？」

「……？」

上品でありながらどこか面白そうに目を細めた王子が、私をしげしげと見つめ意味ありげな声を出した。

実に不可解な反応に首を傾げると、「何も」と笑う。

意味深な態度を訝しみながらも、これだけ笑われると野菜について王子はどう思っているのか気になった。ぜひとも、この国の王族としての意見を聞いておきたい。

「それで……っ、あっ」

くしくも先ほどの王子と同じ言葉になってしまい、一度押し黙る。

「それで？」

「……その、動く野菜のことですが」

眉を楽しげに跳ね上げた王子に促され、余裕のある姿にちょっと恨めしくなる。

いちいち王子のやることなすことに反応してしまう自分に乾いた笑いを浮かべ、相変わらずにこりと笑っているアンドリューを見た。きらきらと眩しくて目がやられそうだけど、腹黒をちらちらされて心臓がやられるよりはいい。

笑われ指で涙を拭かれたことで脱線してしまい、一気に王子の作り出す雰囲気に持っていかれたが、そもそもこの話をしていたのだ。

掴まれたままの指は意識しないようにふぅっと息をつき、伯爵領の今後にも関わることなのでなるべくいい印象でいたいと、思い出したように笑顔を浮かべた。

今頃私の代わりに畑を見守っている健気な脱走カブ、改め、野菜のまとめ役となった頼もしい隊長カブを思った。意思を持ちだした野菜たちのことを思うと、身が引き締まる。

「いや。珍しい考えだったけど、そこまで突拍子がないものでもない、かな」

「そうですか……」

くっ、と笑いながら言われたので説得力はないけれど、ここで王子が私に気を遣う理由はないので、その言葉に安堵する。

あまりにも常識から外れて下手に目立つのは良くない。あくまで、慎ましやかに楽しく過ごせればそれでいいので、無用なトラブルは遠慮したいところだ。

「だが、そもそも品質改善ならまだしも、野菜自体をどうこうと思うことがまずないな。その思いが作用していたと仮定すると、飛べはしないけど足は生えてきたと考えるのが無難だろう」

「そういうことになります……？」

改めて、他人に口に出されると変な感じだ。

「ふっ。フロンティアが言ったのに」

「確かにそうなんですが……。私もどうしてそうなるのかよくわかっていないので、どれもこれも憶測すぎて口に出すと自信がなくなってしまいます」

「賢明だな」

心情を吐露すれば、アンドリューに褒められた。

俺様王子に褒められるのはくすぐったすぎて、頬が緩むというよりひくひくと痙攣《けいれん》しそうになる。

王子の綺麗な瞳が一切の濁りもなく強い力をもって私を映し出し、心なしか眦《まなじり》が下がり優しさが滲み出ている気がする。そわそわっと、身体の奥が震えた。

どのような顔をしていいのかわからないままアンドリューを見ると、ふっと王子の口角がまた上がったような気がした。

反応できないままアンドリューに繋いでいた手を王子の膝の上に持っていくように引っ張られ、必然的に私の身体が少し斜めに傾くことになった。

「………っ⁉」

きゅっとお尻と膝に力を入れ、高貴で俺様で腹黒な王子にもたれかかってしまわないようにその体勢をキープする。

なんとなく、目の前の相手にもたれかかってしまったら最後、得体の知れない何か、変な爆発スイッチでも押してしまうような気がして、内心ひやひやだ。

ここはなんとしても死守したい、と一瞬たりとも気が抜けない。

私が密かに頑張っているなか、アンドリューはなに食わぬ顔で会話を続けた。

「伯爵領の野菜は次第に足が生え意思を持ち始め、俺たちが見たときのように走るカブも出てきたと」

「……食べられたくないそうです」

「それであの脱走か。あのあとはどうした？」

王子、呑み込み早いな。助かるけど。

「意思疎通を図り、ほかとは違うと主張してくるカブには出荷せずにお手伝いをしてもらっています」

「……手伝い？　カブが」

ひくっ、とアンドリューの口の端が上がる。

そんな王子の横で、私は意外と役立つ可愛いカブを思い、ふふふっと笑う。

「そうなんです。彼らはとてもいい子たちで。仲間を引っこ抜いたりと意外と力もありますし、野菜には野菜の気持ちがわかるようで肥料のことなど相談できます」

「相談……、カブに？　いい子っ……」

私は力強く頷いた。

せっかくなのでカブの有効性を示しておきたい。一緒に過ごす時間が長くなればなるほど、すっかり愛着は湧いている。

お手伝いをしてくれているのに、食べられたくない野菜の存在を認められなかったら困る。

「はい。とっても助かるんです。脱走カブは今は隊長と呼ばれるほど頼りになりますし、一緒に水を撒いてくれたりもしますし」

「水撒き……。カブと、ね」

「そうなんです。カブが野菜に水をやる姿とか、伯爵領では人気ですよ。すっごく可愛いんです。殿下が来られたあの日は、仲間をぶん投げたりしたので少し心配はしていたんですけど、杞憂に終わりほっとしてます」

「ぶん投げ………」

ぽつぽつと私の言葉を拾い上げていたアンドリューは、そこでぶるぶるぶるると肩を震わせた。私を掴んでいないほうの手を額に押し当てて、顔を隠すように笑う。

「殿下？」

「興味深い現象だな。ふっ、くっ」

愉快そうに喉の奥で笑いを噛み殺しながら、にっと笑う。

「確かに退屈はしない。ほかに何をしているのかこれはじっくりと聞かないとな」

王子～、口調ぉぉ～！　妙な圧力というかぞわっとする。

お言葉が先ほどから崩れてますよ？　品行方正な王子様ですよね？　丁寧に話しましょ？　相手は私です。ヒロインじゃありません。そこのところよろしくお願いします。

それにしても笑いすぎだと思う。乙女ゲームでは見られなかった表情ばかりで、いまだにアンドリューの美貌と笑顔に慣れず、息切れ動悸が激しめだ。

すぅ～、はぁ～と意識的に呼吸を繰り返す。

思いがけず攻略対象者《アンドリュー》と対面することになったが、王子は会話を望んでいるようだし、この際だからいろいろ聞いておこう。

本当ならこうして会うことのない立場の人だ。

話せる機会が次いつくるかもわからないし、多少の不敬は目をつぶってもらおう。

「あの、今までに足の事例は？」

「ぶっ。足の事例って。殺戮事件の一例みたいだな」

言葉って難しい。あの真っ白ボディからはそういったイメージは浮かばないが、受け手がそう思うなら言い方を変えるべきだろう。

「では、足が生えた事例？」

「それも血が見える」

そのままなのだが、これも駄目なようだ。

「血、それは嫌ですね。んんっ、って、そういう話ではなくってですね。野菜にそういったものが勝手に生えて勝手に消えて、あまつさえ意思表示してくるお話を殿下はご存じありませんか？」

「ないな」

即答だった。掴まれた手がじわりと体温を伝えてくるなかで、アンドリューがふっと口角を上げ、続ける。

「伯爵領地で見てから俺も調べ直したが、そういった事例は上がっていなかった」

「おっ」

えっ、俺って。一度は聞き間違いかと思ったが、さらっと俺って言ってるし。

あと、調べてくれていたとか意外？　と勤勉というか真面目というか、さすが王子というか。俺様だけではないところ、すごくポイントが高い。

いや、そういうことじゃなくって、と首を振る。

「どうした？」

「……あの～、先ほどから言葉遣いが」

「ああ。これか？　こっちのほうが俺も楽だからな。今は二人きりだし問題ないだろう？」

も、問題だらけですけど？

「……そう、ですね」

「嫌か？」

「いえ。殿下がそれでいいのでしたら」

本人を目の前にして、嫌だなんて言えるわけがない。

「ああ。フロンティアとはもっと親密になりたいし、いちいち取り繕っても仕方がないからな」

「………………」

返答に困るようなセリフはやめてもらえないでしょうか？

思わず言いかけたが、賢明にも黙り込んだ。

「ティア」

ふいに愛称を呼ばれ、肩がびくりと跳ねる。思わずのけぞろうとして身体がぐらついたが、伸びてきた手に素早く腰を支えられる。

手と腰を掴まれて、互いの足がぴったりとくっつく。それに気づき、私は顔が一気に熱くなった。

引き寄せられた際に、私の髪がふわりと揺れ、見開いた瞳も戸惑いに揺れる。腰に回された腕と、今更ながらアンドリューの近さを意識する。

ようやく手を離してくれたアンドリューの指が、あわあわと小さく口を開けた下唇に触れてくる。

つつつつっ、となぞられて、一瞬、半開きだった口の中に指が入ってきた。

「……っ!?」

すぐに引かれた指が、また下唇をなぞりそっと離れていく。

「俺の子猫になるか？」

その際に放たれた言葉に、とくりと心臓が跳ね、ぞわりと寒気に似た感覚にとらわれた。

ずいぶん、性質が悪い悪戯だ。

アンドリューの急な仕草に、言葉に、私は目を白黒させた。

一瞬、息の仕方を忘れそうになるくらい呼吸を乱される。触れられた唇が、まだじんと熱を持って主張してくるようだ。

私は身体をわなわなさせながら、何をするんだと俺様王子を睨みつけたいのを抑え込み、やっとのことで答えた。

「…………っ、意味がわかりかねますが」

「半年後王都に来たら、俺が呼んだときに会いに来い。そしたら、ティアが持つ魔力についても力になれるだろう」

私の動揺をよそに、さもこの決定は覆さないとばかりに言い放たれ、思わず普通に返してしまった。

「野菜たちのこともわかるかもしれないと?」

「ああ。だいたいの予測もあるしな。次に会うまでには調べておこう。それに、一緒にいれば見えてくることもあるはずだ」

王子の言葉に、私は黙考した。

今後の伯爵領のために自分の魔力がどういった類いのものであるか知り、王都に行っても今の状態を維持することは急務の課題でもあるので、アンドリューの提案は魅力的だ。

先ほど、オズワルドと姉には魔力を溜める装置はあると教えてもらったばかりだし、伯爵領の現状に最適なものを一緒に考えてくれると言ってくれた。魔力循環のための魔道具が利用可能ならば、少し安心だ。

その上で、アンドリューからは魔力の解明の申し出。オズワルドの後ろ盾と王子の保証は最強である。欲しいと思って得られるものではない。

それでも、不安がつきまとう。

当たり前のように愛称呼びされ、密着してくるアンドリューの温もりを意識しながら、疑わしげに王子を見つめた。

品行方正で爽やかな仮面を外し、俺様を隠そうともしないアンドリューを前に、素直に頷くにはゲームの情報が邪魔をする。

相手は腹黒でもある王子様。言葉をそのまま素直に受け取っていいものか。しかも、呼んだときに会いにとは王宮にだろうが、貧乏伯爵令嬢にはハードルが高すぎる。

なにより、このような提案は王子になんのメリットがあるのだろうか。

そこを無視して話はできず、私は率直に尋ねた。

「殿下にどういった利点があるのでしょうか？」

「ふっ。それだ。俺に必要以上に求めない、なにより何をしでかすかわからないティアのそばは退屈しなそうだからな。本当なら今すぐそばに置きたいが、来年まで待ってやる」

「…………えっ⁇」

待ってやるってどういうこと？　あまりの言葉にくらりと倒れそうになった。

――――おっ、俺様！！！！　俺様がいますぅぅぅ～。

顔良し俺様は心臓に悪い。嫌だと思えないところが、また憎い。相手は王子。当然、偉くて当たり前で、そういった態度が似合いすぎた。

驚きと同時に背中がぞくりとする感覚に戸惑い、しかもまるで抱きしめられているような体勢にいてもたってもいられなくなった。

先ほど唇をなぞった指がするりするりと顎の辺りを行き来しているし、恥ずかしさで首を振りやめてほしいと抵抗を試みる。

すると、がしっと顎を掴み固定された。そのままくいっと顔を上げさせられ、上から覗き込まれてさらに動きを封じられる。

「ティア、来るよな？」

断ることを許さない傲慢さとそれとは正反対に澄んだ瞳が、私を捉えて離さない。

間近で絡み合う笑みを湛えた双眸のその奥にちらちら見える熱を見つけてしまい、その熱に当てられ魅入られて視線が外せなくなった。

部屋全体が、甘く重い空気に支配される。

ん？　と軽く首をかしげたアンドリューに促されるように、こくりと頷いた。

「いい子だ」

褒められてなんだかよくわからない感情が溢れ、涙がこみ上げてきた。

あと、今更だけど子猫ってなんですか？　俺の子猫って、俺のって。

完全に遊ばれているし、自意識過剰でなければ、どうやら王子に気に入られたようだ。

アンドリューの爽やかとも不敵ともとれる笑顔をじっと見つめると、優雅に微笑む口元に色気を乗せて見つめ返してきた。

「どうした？」

至近距離で見る美貌の笑みは、どれひとつとっても同じものはなく見飽きることもない。

たまに心臓に悪いし、今もなぜ色気を出す必要があるのか疑問に思うけれど、もうこれは王子仕様なのだし対面する者が慣れるしかないのだろう。

――……………んんんっ、ま、いっか。

しばらく考え、そう結論づけた。

「いえ。殿下は来年卒業して本格的に公務で忙しくなるのではと思ったのですが」

ちっぽけな貴族令嬢に構う時間なんてあるのかと匂わせてみたが、不敵な笑みをもって返された。

「ティアと過ごす時間くらいは捻出できる」

「さすがですね」

アンドリューがそう言うなら、しっかり時間を確保するのだろう。

王子登場と絡みには驚いたけれど、おかげでいろいろ今後の見通しがつきそうだし、ゲームでもアンドリューは魔法に長けていた。さまざまな話を聞けるのは非常に有益だ。

あとは、嫌われるよりはいいし、なにより姉の未来の旦那様であるオズワルドが仕える相手。前ほど遠い相手ではなくなったので、この結果は良かったと思おう。

意識が変わると、抵抗を試みていた身体からも力が抜ける。すると、アンドリューの腕の力も緩み、ようやく顎から手を離してもらえたので、ほっと息をつく。

王子と今後やり取りが増えることは了承しても、密着している状態は心臓に悪すぎて、初心《うぶ》な私にはこういった駆け引きはどうすればいいのかわからない。

しかも、相手は王族。相手の真意がわからない以上、不敬となる行動は避けたかった。

攻略対象者を前にそのようなことを考える自分は、フロンティアとして存在しこの世界《こ こ》の人間で生きているのだと思う瞬間でもあった。

前世は前世であり、ただ情報を持っているだけにすぎない。現実はこんなにも感じるものがたくさんある。俯瞰《ふかん》して見ることなんてできなかった。

「さっきのも理由だが、ティアへの協力はこちらも利点がある」

「そうなんですか？」

その言葉にさらに安堵する。はっきり目的を言ってもらえるほうがいいし、一方的に貸しを作るなど恐ろしい。

私には返せるものがないし、あとで返せと言われても困るので、その辺りはしっかり確認しておきたい。

「なんでそこで嬉しそうなんだか」

思わず期待を込めてアンドリューを見ると、その声が言葉以上に優しい響きをもって落ちてくる。

アンドリューは機嫌良さげに微笑みを浮かべながら、頬にかかった私のキャラメル色の髪を優しく耳へとかけた。するりと小さな耳を撫で耳たぶを軽く弾かれる。

一度落ちつかせたはずの心臓がとくりと鳴った。

「んな？」

「くくっ。ティアの反応は可愛らしいな」

「……っ！」

私がぴくっと反応すると満足げに笑い、ようやくアンドリューの手が腰からも離れていった。それでも少し動けば足が当たる位置ではあるのだが、ずいぶんと気持ち的に違う。

だが、新たな接触に物申したい。触れられ熱くなった耳をガードするように押さえ、思わず王子を睨みつけた。

アンドリューは小さな笑声をこぼすと、軽い調子で肩を竦ませ私の顔を覗き込んできた。

鮮やかな碧眼が目の前ですぅっと細められ、それから逃れるように私は顎を引いた。

「まるで警戒する猫みたいだな。俺の子猫さん」

「……っ、殿下の子猫になった覚えはありません」

「おいおいな」

反論すると、それさえも面白いとばかりに笑われる。

おいおいってなんですか？　なりませんからね。そんな愛でられるのか遊ばれるのかわからないものに。

ふんす、と息巻いていると、アンドリューが手を伸ばし、私の髪をすっと撫でてくる。そのまま髪をひと房取り指に絡めると、視線は私に固定したまま、そっと髪に口づけた。

——さっきからなんなの⁉

提案を受け入れはしたけれど、アンドリューの戯れに付き合う気はない。

もしかして、先ほどの利点の話で、詳しく話す前にこちらを懐柔しておきたいのだろうか。

その閃きに、私は、はっ、と目を見開く。きっとそうだと、うんうんと小さく頷いた。危ない。腹黒王子のペースに乗ってしまうところだった。

触れられている髪を取り戻すべく引っ張ると、するりとアンドリューの指を抜けていく。ちょいちょい、ぱっぱっと元に戻すと、あえて澄ました表情を貼り付け王子に向き直った。

また何か仕掛けられる前に王子の思惑を聞いておこうと気合を入れる。何を言われるかにもよるが、一方的な施しよりは協力関係を結べるほうが気持ち的には楽だ。

領地を出発する前のカブたちの健気な姿が浮かぶ。

しばらく留守にするため、シュクリュや隊長カブなんかは前日まではしょんぼりしていたが、当日は動ける野菜を仕切って花道をつくって送り出してくれたのだ。

思い出しただけで、ほっこりする。

領地とカブたちの平和のためにも負けていられないと、意思を込めて顔を王子に向けた。

「……それで、殿下の利点というのは？」

私の様子を面白そうに観察していたアンドリューだが、それ以上茶化すつもりもないようで、真面目な顔で口を開いた。

「ティアの魔力を調べることでさらなる有効性や活用性の幅が見えるなら、北部の食料問題に協力してほしいと考えている」

「北部のですか？」

領地の小さな貧乏伯爵家が？　自分たちの領地は多少落ちついてきたとはいえ、まだまだ不安要素はあるのに、北部という広い範囲を示され、具体的な想像がつかない。

「ああ。聞けば野菜の収穫のサイクルも早いのだろう？　そして勝手に出荷に行く野菜たち。そういえば、危険な目に遭ったり、例えば盗賊などに出くわした場合はどうなるんだ？」

「まだ野菜だけで伯爵領内から出たことはありませんし、出荷先に届かなかった野菜があった報告は受けていません」

「その辺も要検討ってところか」

私の返答に、アンドリューはふむ、と眉間と頬の辺りに指を当てる。

考えを巡らすように視線を下げる王子の横顔を見ながら、心配になってためらいがちに聞いた。

「……もしかして、歩く野菜たちも他領にとお考えですか？」

「さあ。そこまではまだなんとも。ただ、土壌改善についてはなんとかしたい。そのため、ティアの魔力の本質や、どこまで影響力があるのかは調べる価値があるとは考えている」

視線を上げてまっすぐ見据えてくるアンドリューに静かに頷くと、王子は続く考えを述べた。

「とは言っても、まだそれらは先の話だな。先に現実的な話をすると、まずはロードウェスター領の生産量をこのまま上げてほしい。それらを北部、特に魔物が増えて食料問題が深刻な辺境伯に融通してもらえると、辺境伯領だけでなく北の安全にも繋がるはずだ」

「なるほど」

だから、王子にも利点があると。北部の問題は王族として、そして王子として大事だと考えてのことか。

この国は南北での違いがはっきりしているし、私自身も今回の旅で痛感したばかりだ。北部に住む貴族としては、王族がそのように考えてくれるのはありがたい。

それにその理由であれば、私の知りたいことを遠慮なく調べてもらえる。しかも、野菜の出荷先の確保と貴族としての貢献。うまくいけば、誰にとっても良い話だ。

「そのようなことでしたら、ぜひ協力させてください」

「ああ。伯爵領を発展させたティアならそう言ってくれると思った。北部は相変わらず農作物の収穫量が少なく、南部に頼りがちだし、輸送や品質保持のために手間暇がかかる分、コストが高いからな」

国の王子が北部の状況を把握していることが嬉しくて、少し警戒を解いて賛同する。

「そうですね。麦もなかなか手に入りにくいうえに高いです」

「だから、麦も手がけているのか。ロードウェスター領はちょうど北部の真ん中で、こちらとしても都合がいい。収穫に必要なものや人材はこちらでも用意する。まず魔力の検証をしつつ、どこまでやれるかやってみてくれ」

「はい。わかりました」

王子の提案は願ったり叶ったりだ。学園に行くまでに思いっきりやれると知り、心が弾む。

伯爵領としても収穫が増えたところで売り込む先がなければ作っても仕方がなかったし、リヤーフも動いてくれてだいぶ捌けるようになったが、余らせてはいけないと控えていたのだ。

しかも、今はお手伝いしてくれるシュクリュや野菜たちもいる。いろいろな可能性があり、現在の状況ならうまくいく気がする。

気になるのは、やはり学園に行ったあとだが、まずはやれることをやる。食料を必要としているところがあるなら、できる限りのことをするだけだ。

私の魔力についてまだ不確定要素があると知った上で、検証対象としてそこを考慮しての提案というのは、非常にありがたかった。

「伯爵にもこちらから話を通しておく」

「よろしくお願いします」

アフターフォロー付きの言葉にほっと安堵の息を吐く。

どうなることかと思ったけれど、非常に有意義な話し合いとなって大満足だ。

深々と頭を下げ、にっこりと笑みと浮かべる。

緊張した上での成果と安堵に、私は完全に気を抜いていた。

「さて、この話はひとまずここまでだな。あとは俺たちの今後についてだが」

意地悪く、そして嬉しそうに笑んだアンドリューのささやき声が落ち、手の甲で頬をそっと撫でられる。

腹黒が降臨した美しい顔が寄ってきたかと思えば、楽しみでならないと言わんばかりに王子が笑みを深めた。どうだ、とばかりの瞳に射抜かれ背筋に痺れが走る。

「今後、ですか？」

俺たちの？　……俺たち？　王子と私？　さっきの話で見通しがついたのでは？

そんな私の思考を見透かしたように、王子が俺様感満載でにっと微笑む。

「俺たちの。忘れたのか、俺の子猫さん」

吐息さえ触れるほどの距離と妙な威圧感にドキドキしながら、うぐっと息を詰めた。

そのままま髪を一房取られ、目の前でそれをくるりくるりと長い指で遊ばれながら「柔らかいな」と意味ありげに見つめてくる。

「猫っ毛ですので」

答えにくい言葉に視線をうろうろさせたが、何か言わなければと咄嗟に出たものは普段言い慣れている髪質についてだった。

経験のなさは年齢的にも仕方ないとして、前世の知識があってもまったく何も役に立たない自分の不甲斐なさに密かに溜め息をつく。

アンドリューは弄《もてあそ》んでいた指をぴたりと止め、ゆっくりと目を見開いた。

「……っ、ふっ」

そして、また瞼を閉じたと思ったら肩を揺らす。

笑われた……

くっ、と堪えきれないとばかりにアンドリューが肩を震わせながら、私の髪をきゅっと掴む。

いつまで掴まれるのだろうか。

アンドリューが笑うたびに髪が軽く引っ張られ、たとえ髪だとはいえ王子と繋がっていると意識せずにはいられない。

王子のあの言葉もあるし……、あっ、もしかして笑われているのは、子猫さんと言われたところに猫っ毛って言ったから？

「…………っ!?」

だ～か～ら、わからないんだって。男女の機微ややり取り、しかも相手は俺様腹黒王子。その上王子の笑いの沸点が低いときて、何をどうすれば正解かなんてわからない。

「くっ、ふはっ。猫っ毛ねぇ」

推察は正解だったようだが、ちっとも嬉しくない。

「殿下、笑いすぎだと思います」

「ああ。普段こんなに笑うことはないんだが、ティアといるのは飽きないな」

「……飽きないも何も、まだ出会ったばかりですけど」

「そうだな。だから今後のことだ」

やぶへびだった。こんな短時間で飽きないと評価しなくてもいいという意味だったのに、アンドリューは逆に取ったようだ。

「……っつ」

つらい。アンドリューとの会話で主導権をまったく握れる気がしない。もう当たり前のように、ずっと王子のペースだ。さすがとしか言いようがない相手の手腕に脱帽する。

あと、声もいいし、ずっといい匂いしているし、攻略対象者である美貌もずるい。

聴覚、嗅覚、視覚で私を支配する。

またしばらく髪の感触を楽しむように、アンドリューは親指と人差し指で弄《もてあそ》ぶように触っていたが、最後にきゅっと引っ張りながら毛先まで持っていくとようやく指を離した。

形付けた方向にぴこっと跳ねた毛先を見て満足そうに王子は微笑み、視線を上げた。蒼海の眼差しが、私を深く取り込み呑み込もうとするかのように見つめてくる。

「北部の発展とは別に俺たちは仲良くなるべきだと思わないか？」

「殿下と私が、ですか？」

その瞳にとらわれながら、私は小首を傾げた。

腹黒王子の真意を知りたくて目を凝らしたけれど、さらに取り込まれそうになってゆるゆると首を振る。

――……危ない。本当に危ないっ！

危険な香りがするというか、もうさすがというか、少しでも気を抜けば自分でもよくわからないところに嵌ってしまいそうだった。それが怖い、と思う。

なにより身分が違うし、貧乏令嬢が気安く話しかけていい相手ではない。

しかもだ。乙女ゲームのこともあり、憧憬の念はあるけれど妄想で楽しむくらいでいいというか、直接関わるなんて考えもしなかった人だ。

どんなことを好むとか閨情報を知っている人って、ちょっと……だいぶ気まずい。そんな相手と仲良くなんてまったく想像がつかない。

「そう。俺とティアがだ」

「ですが」

身分や現在王都と領地で物理的に離れていることを告げようとしたが、言葉を制するように親指を唇に押し当てられた。

「……っ!?」

「これから半年は領地で頑張ってくれるだろう？　それには必ず結果がついてくると俺は信じているし、サポートもしっかりするつもりだ。そのあとティアは学園に入学、王都に来る」

唇を押さえられたままなので、こくこくと目線とともに小さく首を上下に振った。

力強い言葉とともに確認するような声音が、そうすると決めていた私の意志をはるかに凌駕して決定だと告げるようだ。それは心強いとともに、どうにも不安を煽《あお》る。

「俺のところに会いに来る約束はしたな？」

「………………」

約束？　と瞬きをすると、すぅっと碧色の瞳が細められ、実に綺麗な弧を描き口角が上がっていく。

続く声音も低く鼓膜に響いて私の全神経を刺激する。

「ティア。思い出してごらん」

「でも」

「確かにこちらもティアの魔力について知ることに利点はあるが、それは王子としてだ。俺は王族として話す前に俺の、と言ったはずだ」

「……あぁぁ〜」

子猫のくだりからですか？　わかりにくいし、言われたら確かにそうかなって思うけれども……

「思い出したか？」

「…………おも、いだしました……」

そのあとの諸々のやり取りとともに。……お、俺様発言はどこまで本気なのだろう？

「だいたいの予測があると言っただろう？　きっと俺ならティアの欲しい答えに近いものにたどり着けるはずだ」

「そう、なのですか？」

「ああ。俺と過ごせばティアもきっといいこと、いや、満足するだろう。だから、約束は反故《ほご》にはするなよ」

「いい、こと……」

王子が言うと、どうしてこんなに不安な言葉になるのだろうか。

満足って何？　自分自身がどれくらいのことを求めているのか測りかねているのに、王子のこの自信。なんかすごいな。

「いいことだ」

「…………」

ものすごく自信が漲《みなぎ》る口調に、王子がそう言うのなら確かなのだろうと思わせる。あんぐりと口を開けると下唇をするりと撫でられ、アンドリューに甘く名を呼ばれる。

「ティア」

「…………っ！」

さっきみたいにまた指を入れられては敵わないと口をきゅっと閉じたので、視線だけで何とか問いかける。恥ずかしさも相まって、涙の膜が張り濡れたようにゆらゆらと瞳が揺れる。

私の顔を楽しげに目を細め見ていたアンドリューは、さらに顔を近づけて問いかけてきた。

「俺に会いに来るよな？」

吐息とともに答えを求められ、緊張とともに張っていた涙が目尻を濡らした。

それを見たアンドリューが、ふっと笑って顔を寄せてくる。

あまりの近さに息を詰めていると、柔らかな感触がしたと思ったら眦《まなじり》をちろりと吸い取られた。

「……っ!!」

言葉にならない悲鳴が出た。どうしようもなく顔が熱くなり、首を横に振ることしかできなかった。一瞬の出来事だったが、柔らかなアンドリューの唇の感触はしっかりと眦《まなじり》に残っている。

さらに追い討ちをかけるように、そっと耳元で告げられる。耳に唇が触れるか触れないかくらいの近さに、心臓はありえないくらい早鐘を打った。

「ティアは会いに来る」

返事をする前に決定された。

譲るつもりがないのは明白だ。王子の俺様具合にはくはくと唇を震わせたら、今度はぷにゅっと摘まれる。

「んんっ」

「こっちも柔らかいな。ティアの身体はどこもかしこも柔らかそうで、触っていても楽しいな」

まるで、食べてしまいたいとばかり熱い吐息が耳にかかったと思えば、そのままぱくりと耳たぶを食《は》まれた。

「んなぁぁぁーーーーっ!!」

唇を押さえられていることも忘れて声を上げた。

身体をわなわなさせていると、アンドリューが愉快そうに笑みを浮かべる。

ぷにぷにと唇を弄《もてあそ》ばれ、このときばかりは身分も忘れて睨みつけた。涙目なので迫力なんてないだろうが、いっぱいいっぱいなのは伝わったはずだ。

だが、私の必死な反応さえも機嫌良さげに微笑みをこぼし、アンドリューは王子たる威厳を乗せ艶やかに笑む。

「ふふっ。こっちもうまい」

うっ、うまいって言った？　もう、これは遊ばれている。

慌てて離れようとしたけれど、当然のように腰に回された腕に阻まれる。

アンドリューはそのまま何事もなかったかのように話を続けた。

「半年後はオズワルドとシルヴィア嬢はきっと婚姻を結んでいるだろうな」

体勢ぇぇぇーーーーっ！

ぴぴっーっ！　ぴぴっ！　笛を吹きたい。警告音出したい。

アウト、これ以上はアウト。なぜ、眦《まなじり》キスからの耳食《は》みからの、腰抱きで普通に話せるの？

もう、すっごい心臓がうるさい。

あと、姉の話はスルーできない。

アンドリューが言うには、姉とオズワルドが卒業と同時にすぐ式を挙げるだろうとのこと。

今日の二人の姿を見ていても、一刻も早くシルヴィアを囲い込みたいと甘重な空気がすごかったから王子の予測は外れないだろう。

自分のことよりも姉のことというよりは、この短時間で、あとは前世の情報で、心のどこかでアンドリューには敵わないとまざまざと痛感している現状に他人事ではないというか。

二人の愛は尊いけれど、少しばかり姉が気の毒というか、なんというかちょっと複雑だ。

「……確かに、その可能性もありますね」

「だろ？　せっかく囲い込んだ小鳥を逃すようなやつじゃないからな。厳重にするために打てるものは即座に打つだろう」

「…………オズワルド様はとてもヴィア姉さまを大事にしてくださっていますから」

ほかに返答のしようがない。そして、姉は小鳥と。

妹として、姉の未来をそのように語られてどうかと思うけれど、あっさりとそれが想像できてしまった。それはそれは広く快適な美しい鳥籠を。

それに囲い込んだって言った？　やっぱりアンドリューから見ても囲い込みなんだ。

まあ、さっき見た感じでは姉も満更でもなかったし、両思いならあとは二人のことだ。

心の中で姉には頑張ってとだけエールを送り、二人の話を出したアンドリューに何を言いたいのかと眼差しで問う。

冷静に思案しているつもりではいるが、先ほどから話すたび唇に触れているアンドリューの指の角度が変わり、気になって仕方がない。

「この国の成人は十八だ」

「……はい」

「今はあいつも学生という立場を考えて節度をぎりぎりで保っているらしいが、卒業すれば、な」

な、って。

アンドリューから見てもそんなに溺愛ぶりがすごいと？　すでに？　何をヴィア姉さまはされているのか。

推しといえども、もう身内が関わっているのであまりそっちの思考を巡らせたくはないが、さすが大人向け乙女ゲームに出てくる攻略対象者様だ。

「でだ。きっと結婚後すぐはいろいろ大変だと思うしな。ティアが来た際には可能な限り王都を案内してやろう」

「殿下が？」

「ティアとの時間くらい捻出すると言っただろう？」

「…………」

有言実行のアンドリュー様ですもんね。口に出したなら、きっとそうするのだろうけれど、この国の王子を観光案内に駆り出すとか大丈夫だろうか。

あと、オズワルド……、同性から見ても姉を食べつくす気満々に見えると。クールビューティなのに肉食隠せてないとか、どれだけヴィア姉さまを好きなんだ。

わかるけど、シルヴィアのあの控えめな感じの可愛さとか美しさとか、聡明なところに惹かれるのはわかるけど……、閨のことを思うと本当に複雑だ。

姉さま、がんばっ、ともう一度エールを送る。オズワルドの愛を受け止めるのは、もうシルヴィアしかいないし、尊いので仲良くしていってほしい。

アンドリューへの返答をそっちのけであれこれ思考を巡らせていると、くにくにと唇を挟んでくる。

「殿下を退屈させないよう、精一杯努めさせていただきます、だったか？」

「……………ええっと」

ひぃぃー、唇とともに言質取られております。一言一句覚えておられました。

あれはその場限りというか、未来まで見据えての言葉ではなくて、こんなにがっちり確保されるようなセリフではない。

「せいぜい、俺を楽しませてくれ」

アンドリューの顔が近づいてくる。唇を押さえていた親指が、くいっと口の中に入れられ歯並びを確認するようになぞられた。

吐息さえ触れるほどの距離と妙な威圧感にドキドキしながら固まっていたが、唾を飲み込む際に頷きとみなされる。

「ティア。よろしくな」

にこっと王子の仮面を貼り付け爽やかに笑う王子様。

逃げるなよ、って聞こえるのはきっと気のせいではない。

――――王子、お手柔らかにお願いします！！！！！

ぐっと腰を引き寄せ、唇に触れていた親指を頬へと走らせてそのまま添えてくるアンドリューを、私は涙を滲ませ、ただ見返すしかできなかった。

ひょいっと脇に手を入れられ抱き上げられ、そのままアンドリューの膝の上に座らされ目をひん剥いた。

あまりにも軽々と抱かれたものだから、抵抗するのも遅れてしまう。慌てて下りようとするが、長い腕を背後から回されてそれも叶わない。

王子が背中に体重をかけてきたかと思えば、テーブルの上にある菓子を手に取り口に押し当ててくる。その際にさらさらとしたアンドリューの金の髪が私の頬をくすぐっていく。

とく、とく、と鼓動が背中越しに感じられ、それだけ密着していることを知らしめる。

「ティア、食べるだろ？」

「……っふぁ？」

耳元で甘さを含んだ声が直接鼓動へと届き、また変な声が出た。アンドリューのやることなすこと先が想像できなくて、構えている間もなく次から次へとくるものだから、正常な反応ができないでいた。

この状態はなんなのーとふるふると身体を震わせていると、またひょいっと抱えられ今度は横抱きにされた。

お、王子ぃぃぃぃ～！！！！　本当、なんなの？

目の前で美貌の顔が笑みを深めていくわ、また耳に髪をかけられるわで、私は唇をわなわなと震わせた。

もう一度、と菓子を手に取り口にぴったりとくっつける。とろっと懐柔するような甘さを滲ませながら、決して否は受け付けないとばかりの凛とした声が催促してくる。

「ティア、ほら」

「ふにゅにゅにゅにゅにゅぅーっ」

口を開けると良くないことが起こる気がする。

絶対開けてなるものかと口を閉じたまま訴えると、アンドリューはくくっと笑い声を上げた。

ひとしきり笑ったアンドリューは、んんっ、と首を傾げた。碧色の瞳がじっと私を捉え、微笑まれると同時にすごまれる。

「俺からのは食べられないって？」

「……にゅにゅ」

「あっ、まさか口移しがいいとか？　ティアはわがままだなぁ」

「――っ!?　……ち、違いますっ」

なんてことを言い出すのかと思わず口を開けると、ついっと一口サイズの菓子が口の中に放り込まれる。

「ほら」

「……あっ」

「んー、可愛らしくないことを言うのはこの口かな」

ついでとばかりに指も差し込まれ、舌に押し付けられる。

「んんーっ」

「あっ、割れたな。中はチョコか」

そう言い口の中から指を引き抜いた王子は、そのまま自分の口へともっていくと舐めとった。

「ん、甘いな」

私は驚愕で目を見開いた。涙目にめいいっぱいアンドリューが映る。

信じられない。信じられない！

ぺろって舐めたよ～。やっぱり王子の指が近くにあるときに口を開けるといいことがない。

にっこり、とここぞとばかりに爽やかな笑顔を向けられ、澄み渡った空を思わせる瞳が美しく揺らめく。

実に楽しそうに笑う姿は、あまりにも目の毒だった。腹黒だと知っているから余計に、この笑顔は反則だ。

されたことすら一瞬忘れて、惚けたように口を開けた。

「ティア、口の中が見えてる。それも俺に食べてほしいのか？」

「っっっっっっ!?　い、いえ、自分で食べます」

慌てて口を閉じ溶けだしたチョコを食べたけれど、味なんてわかったものではない。こんな状況でなかったら、その美味しさに舌鼓をうっていただろうに残念だ。

ただ、甘いと思うものが喉を通り、ずっとそわそわっとする感情とともに体内に広がっていく。

「ティア、これから、そして半年後が楽しみだな」

その言葉とともに眼前にアンドリューの美貌が近づいてきて、これはもしかしてっと思い咄嗟にぎゅっと目をつぶると、すっと吐息が唇の上をかすめその横へと口づけされた。

口端にふわっとした感触が押し付けられ、舌でちろっと舐められる。

かぁぁぁぁぁーっと熱が顔に集中する。目を見開き、これ以上ないくらい顔が火照《ほて》る。

そのときの衝撃といったら！　また眦《まなじり》に涙が溜まるけれど、かまっていられる余裕がないほど恥ずかしい。

あの近づき方、角度、もしかして唇にキスされるのかと抵抗する暇もなく思わず目を閉じてしまい、あっと思ったときには口端だった。

安堵とともに拍子抜けもして、望んでいたわけではないのに複雑な気分に陥る。

だって、相手は攻め上等の攻略対象者である。キスくらいさらりと奪ってしまえる相手に、初めてのキスを奪われなくてありがたいけど、……って、ありがたい？

何それ。少々思考がおかしくなっている。王子のペースにすっかり流されて感覚が麻痺した。

この体勢も、唇ではないとはいえキスも、私にとっては一大事で、現在進行形で心臓ばくばくものだ。

とにかく、先ほどまでのぐいぐい来ていた感じだと、唇へのキスはなんら不思議ではなくて、身構えた上での口端への可愛らしいキスはすっごい衝撃だった。

ちろって舐められたけれど、乙女な私にとっては唇にされるかされないかではまったく意味合いが違う。

でもなんか、唇にされるよりもすっごい恥ずかしい。

くすっと笑われた吐息に顔を上げると、密に揃った金の睫毛がすぐ目の前で瞬き、アンドリューの笑みが深くなる。

「会えない間、お利口にしておけよ」

口角を上げ優雅に微笑むアンドリューの瞳が細まり、その奥に揺らめく熱が見える。晴れた空を思わせる青い瞳に広がる熱気が、俺のことをしっかり覚えておけよとばかりに告げる。

胸の奥がじんわりと熱くなる。不安、そしてときめき。やっぱりこの綺麗な碧色の瞳はずるい。

なによりゲームでは見られなかったさまざまな表情は、さらにアンドリューの良さを引き出していた。むぅっと王子の美しさに見惚れていると、形のいい唇が再び近づいてきた。

「今度は口にしても？」

「だめ、です……」

「それは残念だ」

即座に否定すると、言葉ほど残念に思っていなそうなアンドリューは爽やかに微笑み、今度は額にキスを落としてきた。

「これで、俺のことは忘れないだろう」

「……っ」

脳に刻めとばかりにとんとんと額を指で優しく叩かれ、もう一度駄目押しとばかりに口づけられる。

――――お、王子ぃぃぃぃ～！！！！

何度目かとなるそれを、心の中で盛大に絶叫した。

「ティア。必ず俺に会いに来いよ」

まだ、口端にアンドリューの舌の感触、先ほどされた額には言葉とともに唇の感触が残っている。

画面越しで見ていた相手の温もりに、それ以上の熱に煽《あお》られ身体が発熱したように熱くなった。

返事のない私の顎を掴むと、頷けよとばかりに覗き込んでくる。さらに顔が近づけられ、また先ほどの繰り返しになるかと慌ててこくこくと頷いた。

王太子殿下に呼ばれて無視することは身分的にも無理。さらに、あんなことされて忘れられるわけもなく、半年後、王都で会っている自分たちの姿が目に見えた。

「いい子だ」

その言葉とともにご満悦とばかりに凄艶な笑みを浮かべ、碧色の瞳を柔らかく甘く揺らめかせながら頬を撫でられる。

その姿は乙女ゲームで見た、ヒロインに好意を抱いてから向ける笑顔そのもの。

ここで私は、王子に気に入られたどころではなく迫られているのではとようやく気づく。

――――こ、これってそうなの⁉

心臓持ちません。どうして私？

攻め、王子の攻め……、耐えられる自信がない。もう、領地に帰りたい。

もふもふのシュクリュと健気なカブたちに思いを馳せ、眼前で色気たっぷりに微笑む王子を忘れて現実逃避をする。

そのあと、私はいたたまれず、戻ってきた姉とオズワルドの後ろに、にやっと笑う王子から逃げるように隠れた。

オズワルドには美しすぎる意味深な微笑を浮かべられたけど、そんなの気にしていられない。

きゅ、とシルヴィアの服を掴み、そろりと元凶であるアンドリューを見ると、にっこりと爽やかな王子の笑みを浮かべられる。

「退屈しない時間だったよ。ティア」

「……っ」

最後の最後にトドメを刺され、私は顔を熱くして姉の後ろにすっぽりと隠れたのだった。

猫かぶりな子猫　side アンドリュー

ハートネット公爵邸でアンドリューは足を組み、オズワルドたちの話に笑みを湛えながら相槌を打ち、フロンティアを観察していた。

彼女の姿を目にした瞬間、思わず手の甲に口づけを落とし再会の喜びを示してしまうほど、ようやく会えたという安堵と喜びの気持ちに支配された。

キャラメル色の髪が動くたびにふわふわと舞い上がり、常に落ちついた姉のシルヴィアと同じ髪色と顔かたちは似ているのに持つ雰囲気が異なるフロンティアは、姉と同じように控えめに笑みを浮かべている。

だが、すぐに口元が緩む姿は澄ましきれていなくて、本人は一生懸命に装っているつもりらしく、そのいじらしさは微笑ましい。

「ヴィア姉さまをよろしくお願いします」

頬を紅潮させ、きらきらとした眼差しでオズワルドを見て、その横に座る姉ににこりと微笑む姿は本心から姉の幸せを願うものだった。表情があまり変わらないオズワルドが珍しく小さく笑みを浮かべるほど、純粋なその姿にその場が和む。

さまざまなことが興味深くて眺めていると、フロンティアがアンドリューの視線に気づき、ちら、ちらっとたまにこちらを気にしているのが伝わってくる。

視線が合うたびに笑みを浮かべると、そのたびにぴくっと反応するものだからアンドリューの笑みは深くなっていった。

好奇心とともに庇護欲がそそられる。たくさん反応を引き出したいと同時に、二つ下ということもあり、見守ってやりたい気持ちになった。

フロンティア・ロードウェスター。彼女はアンドリューの最大の関心であった。

当初、オズワルドから聞き及び、面白そうだと立ち寄った伯爵領地は予想を遥かに上回る出来事が待っていた。

カブたちの行進に驚きさらに好奇心が疼き、これは直接話が聞けるのが楽しみだと思った令嬢は、両手（？）にカブを掴んだカブを追いかけて走っていったまま帰ってこない。

結局会えぬまま、アンドリューはやり残したことがあるような後ろ髪を引かれる思いで王都へと帰還した。

オズワルドが紫色の瞳を細め、足の上でとんとんと書類の端を揃えて銀の髪を耳にかけ、静かに口を開いた。

「いつにも増して笑顔が輝かしいですね。そろそろ機嫌を直していただけませんか？」

「別に機嫌が悪いわけではない。オズワルドはご機嫌だな」

「では、拗ねてます？　殿下も辺境伯領に行くだけの成果があったのでは？」

「……どうして拗ねないといけない。辺境伯領のは、まあ、予想通りだったな」

オズワルドの言葉に、アンドリューはシニカルな笑みを浮かべた。

すべきことが具体的にわかり対策を練ることができるのは良かったが、問題だらけだということがわかったそれを、果たして成果といえるかどうか。

一朝一夕ではいかないことばかりで気が重い。

オズワルドが、ふっと小さく息を吐き出したので、アンドリューは片眉を上げて対応する。

「殿下が今気にしているのは妹君のことですよね？　会えず残念でしたが、今後事業の話をするのに彼女は欠かせませんのでしっかりと捕まえておきますよ」

「………………ああ、どちらも逃すなよ」

オズワルドの言葉をしばらく吟味したあと、アンドリューは不敵に笑んだ。

フロンティアに会えなかったことを、彼に指摘されるほど自分は残念に思っているようだ。

見透かされたことは認めたくはないが、オズワルドの申し出はアンドリューにとって悪くないものだった。

オズワルドの魅惑的な紫色の瞳が妖しく光り、ゆったりと形の良い唇が弧を描く。

「仰せのままに」

人を惑わすような笑みを浮かべたオズワルドと視線が交わる。それは一瞬のことで、互いの利点のために動くと交わし合いアンドリューもにやりと笑う。

オズワルドがフロンティアを確保することに対し、アンドリューは陛下にシルヴィアとオズワルドの婚約をすぐにでも認めてもらえるよう掛け合う。

オズワルドも絡むことになったロードウェスター領は、人も領地も今後の動向に目が離せないものとなるだろう。

最初はただの好奇心だった。

それが、北部の問題に小さな灯りをともす期待となり、野菜に話しかけながら大きな白い犬（？）と野菜を引き連れる姿の面白さに、今では確実にアンドリュー個人の興味の対象へと変わっていた。

そして、ようやく会えるとこの日は何がなんでも時間を作ってその姿を近くで見てやろうと訪れた先には、警戒心をちょこっと覗かせながら、くるくると変わる表情は可愛らしく、姉が大好きだと懐く姿は見ていて和むものだった。

オズワルドを見てうっとりするのはどうかと思うが、姉との恋路の邪魔をしたいという感じでもなかったので、アンドリューは特に何も言うことなく彼女を見つめていた。

二人きりになるとさらに警戒したようにそっと見てくるその様子が面白くて、見ていることを隠すことなくじっと観察した。

アンドリューが王族であることに対しての緊張もあるだろうが、舞い上がるでもなく売り込むでもなく、どちらかというと関わるのはごめんとばかりの態度に口の端を上げる。

反応を引き出したくて彼女が座るソファへと移動し覗き込むと、びくっと身体を跳ねさせたフロンティアに、アンドリューは笑いが込み上げた。

まるで、警戒心が好奇心に勝てない子猫みたいだ。

「有意義な時間になると思っているよ」

その反応が楽しくなって告げた言葉に、返ってきた「殿下を退屈させないよう、精一杯努めさせていただきます」は、まったく予想もしなかったセリフだったとともに、また興味がそそられるものだった。

くるくる表情が変わるくせに、笑顔でいようとばかりに微笑する姿もなんとも愛らしい。

やっぱり、子猫だな。

アンドリューはおやっと眉を跳ね上げ、しげしげと出会ったことのないタイプの相手を眺め、精一杯ですとばかりに貼り付けた笑顔を見て、ふっ、と笑みを深めた。

――俺のものに、するか。

そう決めたら、構うのが楽しくて仕方がなくなった。

やることなすこと面白くも可愛らしい反応にアンドリューの笑いは止まらない。

彼女の行動力と実際の活躍も非常に好ましい。話していても、面白い発言も多いが芯はしっかりしていることはわかる。

魔力の流れがわかるのは本当だ。だが、別に直接手を触らなくてもわかる。

どんな反応をするかと思い手を差し出しひらひら動かせば、追ってくる視線とか。多めに振ってみると、無意識だろうか、上下とまた視線が付いてくる。

ほんと、猫っぽいな。

警戒していたのに、あっさりと解いて期待の眼差しを向けられ、アンドリューは笑いが堪えきれなくなった。

光や感情で緑から黄色と変わる瞳や、ふわっと動くたびに柔らかに動くキャラメル色の髪、彼女のすべてが眩しく見え、それでいてとらえて遊びたくなる。

自分だけに懐かせたくてしかたがない。

猫かぶりを取り払って、素をさらけ出させてもっと豊かな表情を見てみたい。

王族はなんでも手に入るように見えて、孤独との戦いでもあった。だからこそ側近選びは手を抜かないし、ましてや伴侶となる女性は妥協したくない。

常にそばにいる相手にずっと気を張るのは疲れる。両親の仲の良さを見て父が王の仮面を脱ぎひとりの男としていられるのは母の前だけであることを知り、愛せる人を、愛してくれる人をと、アンドリューは狡猾な古狸や身分見目に媚びる女性たちの中で過ごすなか、密かに夢を見ていた。

そしてようやく見つけた。周囲の圧に負けずに婚約者を決めていなくて良かったと本気で思った。

捕まえて俺だけのものにして、大事に愛でたい。

「俺の子猫になるか？」

その言葉とともに、ついつい構いすぎて耳を食んだら、涙の膜をいっぱいに張って睨んできた。

アンドリューからすれば子猫が爪を丸めながら威嚇しているくらいのもので、不敬でもなんでもなく可愛らしいものだ。

だが、あまりにもプルプルしているのでかわいそうになり、気を逸らせてやることにする。構うのはやめるつもりはない。

ふと、テーブルに置かれた目の前の菓子に目がいく。

感触を楽しんでいた唇や頬から指を外し、アンドリューは脇に手を入れてひょいっとフロンティアを抱き上げた。細く軽い身体はあまりにも簡単に持ち上がり、壊れてしまわないか心配になる。

そのまま自分の膝の上に乗せ、慌てて下りようとするフロンティアを後ろから抱きしめた。

本人曰く、猫っ毛の髪がふわふわっと光の加減とともに柔らかく視界を楽しませ、花の香りが舞う。

そのまま、ひとつ一口サイズの菓子を手に取ると、小さな唇へと差し出した。

「ティア、食べるだろ？」

「っふぁ？」

溜まった空気を吐き出し意味のない言葉がフロンティアの口から漏れる。

想像通りの反応に、アンドリューは満足した。

ふるふると震える身体が戸惑いを表し、小動物みたいだ。

密着できて反応が直に伝わるのはいいが、くるくる変わる表情が見えないのは楽しくないなと、持っていた菓子を一度置き、今度は横抱きに座らせた。

長い睫毛がふるふると震え、何するんだーっとばかりにめいいっぱい開かれた瞳がアンドリューを見ている。

アンドリューはその姿にひどく満足して、頬にかかった髪を優しく耳にかけてやり、自然と口元を緩ませた。

もう一度、と菓子を手に取り口にぴったりとくっつける。

「ティア、ほら」

「ふにゅにゅにゅにゅにゅぅーっ」

すると、口を開けてなるものかと変な声とともに訴えてくるフロンティアに、アンドリューはくっと笑い声を上げた。

ようやく求めていた女性に出会え、アンドリューは温かく弾む胸に笑みを深めた。

第五章　隊長カブの嫉妬と野菜たち

私はへとへとになりながら公爵領から伯爵領へと帰ってきた。

聞き上手である姉のシルヴィアと話すのは楽しかったし、夜も久しぶりに一緒に寝て（オズワルドが嫉妬するので一日だけ許可を貰い）たくさん話すことができて嬉しかった。

萌えの補給も満タンで、最推しであるオズワルドに出会え、姉とのツーショットは尊く、前世の自分が報われたと思える一時《ひととき》だったが……が、である。

まさかのアンドリュー王子と対面するとか、しかも、唇の端だけどキスされたとか、そのことを思い出すと、顔が一気に熱を持った。

初めてである。前世も恋人なんていなかったし、ゲームでわぁー、きゃぁーと楽しんでいた部類である。どうする、どうなると知っていても、それは妄想の域を出ない。

実際、こちらが無防備なところの攻撃は非常に打撃力が高く、くらりふらりと流されてすごく心臓に悪かった。相手は腹黒俺様攻め上等王子である。……勝てる気がしない。

とにかく、今は物理的に距離があることが幸いだ。半年後の再会はそのときに考えるとして、先に王子とも話した領地の野菜たちについて試したいこと、確かめたいことがいっぱいあった。

「ふぅー。よしっ」

伯爵領に入り見慣れた景色に、気持ちは徐々に落ちつきを取り戻す。

南部の都会と活気ある景色も良かったが、山があり川がありのんびりと時間が流れる風景は何があるわけでもないのだけど好きだなと思う。

心なしかここでは馬車の走る音もゆっくり聞こえるようで心が緩む。

二週間ぶりだ。カブたちは領を出るときに腰を振り、ポンポンを向けるように両サイドから葉を私たちに向けふりふりと盛大にお見送りしてくれた。

あと、いくつかは間違えてお尻を向けていたのはご愛嬌だし、へい、姐さんとばかりにポーズを取り直したものもいた。実に個性が出てきた野菜たちとの再会が楽しみである。

離れている間、使用人のジョンや商家のリヤーフがしっかりと管理してくれているはずだが、いかんせん、自由度が増してきた野菜たちだ。考えると少し心配になる。

「……大丈夫かな？」

ぽつ、ぽつ、と増えだした食べられたくない野菜たちは、今ではカブだけでなく、大根、人参、じゃがいも、さつまいもと根菜類の足生えが当たり前になり、その中で隊長カブのようにお手伝いを希望する個体も出てきた。

この辺になると領民もまったく驚かなくなり、赤ちゃんが産まれたのねといった感じで、ほっこり笑顔で良かったねぇーと眺めていく。

自ら出荷に行く野菜たちのほかに、仲間のために働く野菜たちの中にはちょっと働いて出荷に行く野菜、ずっと居残り手伝う野菜とそれぞれであるが、我が領の野菜たちはとてもいい子たちばかりだ。

この辺のメカニズムがわかれば、もう少し具体的な策を立てられると思うのだけど、今後も要観察である。

シュクリュと隊長カブが野菜畑を統率してくれるようになり、私の畑に関してはどうしたいかを話すだけで意図を汲んでくれるので、すっかり任せきりになった。

一度染み込んだ魔力はある程度持つと検証しているので大丈夫だと思っているが、こんなに離れたことがないので心配だ。

公爵領にいたときは、推しがいたり王子がいたり、あとは王都まで足を延ばして用を済ませたりと、心理的にも身体的にも忙しく思い出すことはあってもそこまで気が向いてなかったが、いざ広がる畑を見ると気になって仕方がない。

馬車が屋敷の前に着くとうずうずとして飛び出した。

「もう、ティアったら」

「元気だな」

母と父の声を背に、ふわりと地面に着地する。

キャラメル色の髪がふわふわと広がり、西に傾こうとしている夕日の赤に染まる。

『わふぅ』

ものすごく尻尾を振って出迎えてくれたシュクリュがくるくると私の周りを回り、嬉しいとばかりに体を擦り付けてくる。

「ただいまぁ～。相変わらずのもっふもっふ。気持ちいいわねぇ。ジェシカに洗ってもらったのね」

『わふわふ』

ジェシカとはメイドである。シュクリュは洗うのを基本嫌がるのだが、今日は私が帰ってくると知って洗ったのかもしれない。

「シュクリュ。いい子ねぇ」

『わふぅ』

盛大に褒めようと屈みこんでわしわしと頭を撫でると、べろんと顔を舐められる。相変わらずの毛並みと、懐かれているとわかる歓迎ぶりに自然と笑顔になった。

「そっちは問題なかったかな？」

『わふわふぅぅぅ～』

そう尋ねると、なんとも微妙に吠え尻尾を不規則に振っては止めてと繰り返した。

何か、怪しい。

じぃぃぃ～と見つめると、ついぃぃぃっと視線を逸らすシュクリュ。

「何かあるわね」

シュクリュの顔を掴んで問い詰めようと顔を近づけると、そこまで出迎えにきていたジョンがまるでシュクリュを助けるように割って入ってきた。

「お嬢様、お帰りなさいませ。シルヴィアお嬢様はお元気でしたか？」

姉の名前を出されては反応せずにいられず、仕方なしにシュクリュから手を離し立ち上がる。

「ええ。とても元気だったわ。さらに綺麗になっておられて、婚約者となったオズワルド様にとても大事にされているようでした」

「それは良かったです」

にこにこ、にこにこ、とそれはもういつもの倍以上の笑顔を浮かべるジョン。

やっぱり怪しい。

視線を下げてシュクリュを見ると、逃げるように私の背後に回り甘えるように体を擦り付けてきた。

決定。絶対何かある！

にっこぉっと笑顔を浮かべ、ターゲットを決める。

さあ、吐きなさい、と瞳に力を入れてジョンに視線をやった。

「こっちはどうだったのかしら？　野菜たちに問題は？」

「……変わらず元気で美味しい野菜が採れて出荷は問題もなく、ええ、はい。その辺は問題ありません」

「それは良かったわ。ほかには？」

「問題はないのですが、ただ……」

もごもごとすっきりしない話し方に、ゆったりと詰め寄る。

「ただ？」

「その、まあ、本当にそういった面では問題はないのですが……、新たな問題といいますか、いえ、そこまで問題でもないんですが」

「どっちなのよ」

「あの光景は口では言い表しがたく、こちらも理解していないのでなんとも……。見ていただけたらわかっていただけるというか」

ずっと言いにくそうに、もごもごと困ったように話しながら目尻の横をかくジョンに首を傾げる。もったいぶられると余計に気になる。

見たらわかるというなら見にいこうとシュクリュとともに畑を覗く。

そこで、私はなんとも言えない気持ちになった。

言葉を失うほどでもないが、寂寥感がこみ上げてくるというか。

「……何、してるの？」

疲れた声が出た。あっけにとられて、立ち尽くす。

少し離れた場所では野菜たちが大きな円を描いており、その中心には立派なカブ、つまり隊長カブと、私が領を離れる前に足生えと手生えした大根一号。

まだ大根の手生えは彼？　彼女？　しかいないし、周囲の大根を見ても足だけで新たに発生していなそうだから、大根一号であっているはずだ。

「この三日間ずっとこんな感じなんですよ。作業は手伝ってくれるんですけど、ほかはずっとこうなんです」

「ああ～」

なるほど。意味がわからないし、仕事はしてくれるから支障はないが、すっごく気になる現象に困っていたということか。しかも、三日間も。

――何をしてるんだか。

私の視界には大根一号の前で隊長カブが地団駄を踏むのが映っている。たしたしたし、と音が聞こえそうなほど高速である。

相変わらず、足の動きが達者だ。そして、その周囲で仲間のカブたちもふるふるふると葉っぱを揺らしている。

本当、意味がわからない。

ふぅ、と帰って早々の出来事に息をつくと、隊長カブがこちらを見た、ように見えた。目がないのに、隊長は雄弁である。

ひらっと手を振ってみると、ふぁさっと葉っぱを揺らしながらとてとてとてとこちらに走り寄ってくる。

ちょいちょいとスカートを引っ張られて、たくさんの野菜に見守られるなか、中央へと連れていかれた。

そこには、大根一号がえらそうに立っている。

大根の反りが後ろへと向かっているからそう感じるのかもしれないが、大根は私にぺこっと頭を下げると、さっとこっちに向けて足を出してきた。

——デジャブ？

カブのときも短い足を出されたなって思っていたら、隊長カブも片方の足を出してきた。

私に近い場所で足の先をつけるように出し合っている。

「…………ほんと、何してるの？」

人の留守中にと思うと気が抜ける。

畑の外で見守っているジョンに目をやると、ほらね、わからないでしょとばかりに肩を竦める。

うん。わからない。しかも、これを三日もされたらどうしたらいいか。

ものすごく、ジョンとシュクリュがあの反応になるのは頷けた。

ぐいん、とこっちを隊長カブと大根一号が見た気がしたので、条件反射のように口角をぎこちなく持ち上げて笑う。

可愛いんだけど無言の圧をびしびしと感じて、二体の白いボディを眺めた。

丸っこいフォルムのカブと、縦長の大根。そして両方から出される足、足？

大根が体も長いだけあって足も長い。前へ出されると違いがわかりやすい。

「やっぱり大根のほうが足が長いわね」

そう告げると、大根一号が手を腰（？）に添え、ふぁっさぁと髪をなびかせるがごとくもう片方の手を頭（？）の後ろへもっていき、ポーズを決める。

しかも、カブへ見せつけるように片方の足は前に出したまま。

「…………」

『…………』

思わずシュクリュと顔を見合わせて首を捻り、もう一度カブたちへ視線を戻すと、隊長がぐったりとうなだれて地面に手をついていた。

「…………えっ？」

『……わふぅ』

「カブ隊長、何をそんなに打ちひしがれて」

『わふわふ』

理解できずに首を傾げると、シュクリュがすりすりと足に顔を寄せてくる。

「もしかして、もしかしなくても足？」

『わふぅ』

シュクリュはこの一連の流れでわかったようで、そうだぞとばかりに尻尾を振る。

「足……」

ぽつりとつぶやき、二体の足を見比べる。

体の形が違うのだから、足だって違うはず。何をそんなに競っているのか。あれか、白いボディ同士対抗意識があるとか。

ぱっと見た目の共通点は白のボディと頭の葉。それもよくよく見たら違うけれど、受ける印象はボディの形が違うな、くらいでなんとなく同じ分類にしてしまう。

あとは食べると、大根には辛みがあるのに対しカブにはヌメリ、食感はシャキシャキとサクサクの違いだろうか。違うといえば違うけれど、その辺りは好みだと思うしどちらも美味しい。

だからこそ、ライバル意識が出てきたのだろうか。私がいない二週間でそんなにお互いを意識するいったい何が？

「ああ〜、ほんと何してるの？」

疲れとともに何度目かの問いが出る。

問題といえば問題だけど、私の一言で決着がついた美脚対決。

大根一号は今度は違うほうの足をほれ見ろとばかりに出し、いえぇぇーいとばかりに両手を上げる。

完全な煽《あお》りに、もろに反応する隊長カブ。あああぁと言わんばかりに、悔しそうに大根の足に右手を伸ばしぺちっぺちっと叩きだす。

「そんな大袈裟な……」

ぽそっと突っ込むと、隊長カブがさっきまでふさぎ込むように倒れていたのにすくりと立ち上がった。

こ、こわいんですけど。

体をくるりと回したあと、のそりのそりと私のもとへやってくる。なぜか、わさわさと周囲にいたカブたちがついてきた。

その向こうで、大根一号改め、美脚大根がほかの大根に囲まれている。お前、すごいなとでも言われているのだろうか。

畑がのっぽ白野菜と丸い白野菜に分かれ、それぞれ嬉しそうなのと落ち込んでいるのとで対照的だ。

「ぶっ。あはははははっ」

笑い声がしたかと思うと、ジョンの横にリヤーフがいつの間にか来ていて腹を抱えて笑っている。それにつられて笑ってもいいんだとばかりに、ジョンも笑い出す。

畑が笑い声で包まれているなか、隊長カブは目の前にやってくると、そいっと私の前に足を出した。それと同時に、やってきたカブたちも同時に足を出してくる。

カブに囲まれ足を出されて、目を丸くし口端が引きつった。あまりのことに、どう対応していいのかわからない。

「な、何？」

訴えられているのはわかる。きっと、足について何か言えってことなのだろうけど、いかんせん怒りっぽい隊長カブ。

また隊長の意に沿わぬことを言ってしまって、仲間を投げだしたらどうしようと若干まだ不安要素があって心配だ。

ちらっ、と笑っているリヤーフやジョンを見るが、リヤーフに頑張れとばかりに手を振られる。

私ははぁっと息を吐いて、もう一度隊長カブへと視線を戻した。

トン、と隊長が足を上げて下ろすと、それに合わせて周囲のカブたちもトン、と上げて下ろしてくる。さすが隊長。見事な連携。

カブたちの白い足を見つめ、なんとか言葉を絞り出す。

「あああぁぁぁー、カブ隊長たちの足も白さが際立つ立派な足ですね」

美脚勝負は大根の勝ちならば、カブのほうは白さを強調しておこうと言ったら、よし、とばかりに頷かれた。

うんうん、うんうん、と納得したように何度か頷くと、また美脚大根のほうへとみんな引き連れてとてとてと歩いていく。

そして、整列すると今度は大根もカブも全員で足を出し見せ合った。

その一直線上に見える柵にはひらりと見覚えのある黄色のリボンが揺れ、地平線に沈む夕日が彼らの白いボディを赤く染めていく。

「ああ〜、もう好きにしたら？」

アンドリュー王子に振り回された気持ちをカブたちが緩和してくれると期待して帰ってきたのだけど、癒されはするのだがなんか思っていたのと違う。

旅の疲れがどっと押し寄せてきたようで、互いに納得したのならもう勝手にしてくれと、私はその場を後にしたのだった。

◇　◇　◇

伯爵領に戻ってきて早々、美脚対決やなんやらあって早くも一週間。

私は今日もシュクリュとお野菜たちと和やかに過ごしていた。

朝の一仕事を終えると、水浴びしながらルンルンと一部の野菜たちが一列に並んでステップを踏んでいた。まるで団体芸なそれに、ついつい頬を緩めて眺めてしまう。

水たまりができ、そのうちの人参の一体がはまり込んでしまってしばらく出ようともがいていたが、そのうち温泉に入っているかのようにくつろぎだした。それにつられるように、何体かがえいっと飛び込んでいく。頭上に小さい手ぬぐいを置いたら似合いそうなので、今度用意してみよう。

あっちやこっちで、伯爵領のお野菜たちはそれぞれ楽しそうだ。

私が公爵領へ行ったときにお見送りというものを覚え、全員が同じことをする楽しさを味わったらしい。野菜たちは、たまに動きを合わせてまねっこの練習をしている。

野菜たちはとても健気で、美味しくなるための努力やそのサポートを怠らず、働くときのオンオフがしっかりしているので見ていて気持ちがいい。

野菜たちがそれぞれ働いたり遊んだりしているその隅っこで、人参に気に入られたらしいジョンが、やたらと足を踏み踏みされている姿が目に入った。荷物を運んでは足を踏まれているので、あれは激励のつもりなのだろうか。

「ジョンったら、本当に足踏み人参に気に入られてるのね」

どうやら、私が留守にしている間にいろいろあったらしく、なぜかどっちでしょうクイズが発動され、人参に踏まれることになったらしい。そして、今では何も関係なくても足を踏まれている。

ジョンは、「まったく痛くはないんですよ。痛くは。でも、野菜に足を踏まれるのは自尊心が傷つきます。お嬢様助けてくださいー」とへにょりと眉尻を下げて嘆いていたが、仲の良い光景に口を挟むつもりはない。

野菜たちと人の間に隔たりもなく楽しくやっていけるこの光景をとても気に入っていた。

「今日もいい天気ね〜」

『わふっ』

日差しを遮るように額に手を当て空を見上げる。

私が畑に出ると当たり前のようにやってくるシュクリュも同意だと吠える。

ぶんぶんと尻尾を振り、すりすりと足に頭を擦り付けてくる。全身で好きだと伝えてくれるシュクリュが、図体はでかいが可愛くて仕方がない。

この領地の野菜たちは非常に元気で、カブたちの個性に引きずられるようにほかの野菜もいろいろなタイプが出てきて、とにかく賑やかだ。

学園に入る前に少しでも自分の魔力が領土に行きわたるように、今日もできるだけ領土の畑を見て回る予定だ。

シュクリュとともにやってきた隊長はよっとばかりに短い手を上げて、とてとてと私の横に立った。

まるっとした白いボディにそよそよと揺れる緑の葉。

ここ最近、たまに思い出したように大根と競った足をついっと見せてくる。褒められたのがよほど嬉しかったようだ。

「隊長も手伝ってくれるの？」

尋ねると、ぶんぶんと葉を揺らす。

「ありがとう。シュクリュと隊長がいると百人力ね」

褒めるとぴょんぴょんと隊長が飛び上がる。……飛び、上がれていないけれど、どうやったらそんな飛距離しか稼げないのかと思うほど低いが、喜びは伝わってきた。

あれだけ機敏に動けるのに隊長は縦飛びが苦手なままで、大根と違って足が短いから？　とは思わないでもない。けれどもあの悔しがり方が脳裏から離れないので、そこは触れないでそっと心の内にしまっておく。

そういえば、ジェシカが隊長とリボンがどうとか、ジョンが隊長とシュクリュとバケツがどうとか言っていたが、シュクリュと隊長はべったりというわけでもないが仲は良さそうでなによりである。

野菜たちは慣れたもので、特に隊長が私の意思を汲み取ってくれているのか、勝手に農家から種を交渉して植えたり、次々と野菜を増やしたりしていっている。

そのうちのひとつであるラディッシュが、ツルムラサキの葉の後ろに隠れたり、支えである木に登ったりとやたらと動いている。

ラディシュたちの前では、最近隊長とよくいるカブがふむふむと眺めては、ぴっ、ぴっ、とこちらも短い手で指示を出している。

——あれは何をしているのだろう？

手が短いので両手を叩くまねをしては、ラディッシュたちがさっと棒に登り、もう一度足を上下させると葉っぱに隠れる。それを何度か繰り返してカブが手を動かすのを止めると、ラディッシュたちは一列に整列した。

うんうんと葉を揺らしながら指令を出していたカブが頷くと、わらわらと出てきたほかのカブたちにラディッシュたちは囲まれた。そのまま、わっしょーい、わっしょーいと持ち上げられる。

どうやら、課せられた使命なのか特訓なのかは知らないが、カブから合格をもらったらしい。赤く小さなボディに小さな手足をわぁーいと上げて喜びのポーズを取っている。

「ふふっ。今日も平和ねぇ」

日に日に逞しく仲間を増やし、バリエーションを見せてきた野菜たちを前に私は微笑む。

「私も頑張らなくてはね」

楽しく頑張る姿に今日も頑張ろうと意気込み、野菜たちとわいわいしながら作業に勤しんだ。

◇　◇　◇

ふわりと吹いた風が、私の髪を結んだリボンを揺らす。

白に金の刺繍とレース入りのリボンはアンドリューからのプレゼントで、先日姉がオズワルドとともに帰省したときに渡されてから、使わせてもらっていた。

アンドリューとは、何度か野菜や魔力のことも含め手紙のやり取りをしているのだが、たまにさりげなくプレゼントも交ざっており、センスやタイミングに断る理由も時間も与えられないまま受け取っていた。

そのスマートさはさすがとしかいえず、高価すぎるものならオズワルドを通してお断りをと考えるのだが、使い勝手の良い私好みのものばかりで、ついつい受け取ってしまう。

連絡もおもに領内の野菜に関してで、真面目な話も多い。

かといって、プレゼントもあったりして、まったく意識しないわけにはいかない。

声を聞くと、あの日のことを思い出しそわそわする。攻略対象者おそるべしだ。

前回の対面などを含めアンドリューに対して思うことはいろいろある。だが、今はまだその辺りは触れずにいられる間は触れずにいたいのが本音。

逃げ？　上等である。この先のことを思うと、今くらいお野菜たちとほっこりした気分のままでいたい。いずれ考えるのならばそのときでいいだろうと、ぽいっと思考の彼方へやり、元気いっぱいに声を上げた。

「シュクリュ、隊長、みんなー、おはよう」

花冷えの一時的な冷え込みが緩み、早朝でも暖かい。

王都に行くまで両手で数えられるほど残りわずかとなって、ここ最近早朝から野菜畑に出向くようにしていた。

私が訪れると、手があるものはふりふりと手を振って、足のみのものは頭を揺らして挨拶をしてくれる。それぞれ葉が揺れたり、ヘタが見えたりと、頭部も可愛らしい。

ここ最近、私が朝早くから顔を出すので、時間になると野菜たちは固まって出迎えてくれていた。もうすぐ王都に旅立つとも言ってあるので、彼らも思うことがあるのだろうと、じんわりくるものがある。

集団の一番前はシュクリュと隊長カブ。その後ろに隊長と美脚対決をした美脚大根と、ジョンを気に入っているらしい足踏み人参と続いて、手足生えが前方を占め周囲の野菜たちにも年功序列があるのか、なんとなく並ぶ順は決まっているように見えた。

気候も土地柄もまったく関係なく育つ野菜たち。深く考えてもわからないものはわからないので、魔法ってすごく便利だなって思うことにしている。

やると決めて遠慮せずやりたいことをしていたら、伯爵領は本当になんでもありになってきた。ここまできたら、周囲の地位もある賢い人たちがいろいろ考えてくれるだろうから、できることをしていくのみと決めている。

根っこがないのに足生えする野菜が増え、ブロッコリー、カリフラワー、白菜、レタス、キャベツと定番のものから、記憶を思い出して食べたいと思っていたトマトやキュウリなどがひとりでに採れごろになったら歩き出す。

そして、とうとう野菜に収まらず果物にまで範囲が及ぶようになった。

それは事業の話をしているときのオズワルドのある言葉から始まったのだが、一度試してみたら私の能力は野菜だけに及ぶわけではなかったことがわかった。

当然というべきか。王子にも見てもらったように私の魔力は土と相性がいいのだから、果物にだって通用するはずである。

もともとの始まりが野菜を美味しく食べたいと思ったことだから、果物もいけるかもって思ったら、いけた。

もはや、私の能力は農家さんのさまざまな苦労だとか常識だとかも無視して、土地があれば植えたい放題に採り放題、やりたい放題である。

しかも、ある程度まで来ると自分たちで植えて食べごろまで育ち、時期になったら出荷まで行うのである。野菜様様である。

王子やオズワルドは、詳しい条件はまだ調査中だが私が関わっていることは絶対条件であると言っていたので、そういう現象はまだこの地のみ。

現在は一定の基準を満たすと、私がいなくても成り立つようで、それがどこまで続くかを経過観察中の畑がいくつかあった。

「はーい。今日も頑張りましょうね。その前にここ最近進化したお仲間がいますね。一度、みんなの前で挨拶をしておきましょう。メロンさんとイチゴさん、前へどうぞ」

どうぞと手を前に差し出すと、奥のほうからぽよん、ぽよんと飛んでくるボディ。

メロンに関しては、進化は足ではなかった。下にスライムみたいなぽよぽよがついて、ぽよんぽよんと動いて移動するのだ。

少し前にカボチャもできたのだが、それも同じように移動していたので、ある一定の重みがあると足ではなくぽよんぽよん式となるらしい。

その上に乗っているイチゴ。メロンのヘタにぶら下がるようにしての登場である。しかも逆さで。出荷するまでは常にそのような状態でいようとするので、もしかしてヘタのほうに甘みが少ないのを気にして均一に行きわたるようにしているのかななんて思わないでもない。

そんなことで甘みが広がるのかはわからないが、優しい野菜と果物たちのやることにはきっと意味があると、その辺りは突っ込まないでいた。たとえ、ぽよんぽよんの野菜の上に乗って楽をしようとする野菜がいても、互いに良ければそれでいいのだ。

「うん。上手に動けるわね。みんなも知っての通り、私はもうすぐ王都に行かなければいけないの。みんなのことはとても気になるのだけど、シュクリュや隊長、ジョンやリヤーフ、ほかの農家さんたちもいるからみんなで協力してくれたらできないことはないと思っているわ」

そう告げると、うんうんとみんなが頷いてくれる。

「本当、みんな大好き！」

伯爵領のため、そして北部のため、頑張ってくれるお野菜たちのため、今日も自分のできることを精いっぱいやっていこう！

胸をじんわりと熱くさせ、シュクリュや隊長とともに世話をする畑へと向かった。

◇　◇　◇

東の空がほんのり明るくなり、キャラメル色の髪が柔らかく染まる。

地上にできる光の道が徐々に広がっていき、私たちがいる場所も温もりとともに明るくなった。

「これで忘れ物はないかな」

「そうね。足りなければ調達すればいいのでこれくらいでしょうね。あっ、ティアは殿下に頂いたものは必ず持っていきなさいね」

「……ちゃんと鞄に入れてます」

母の言葉にうっと固まり、小さな声でそう告げた。

鞄の一番下、頑丈な箱に丁寧にしまって入っている。底、ということはまず一番初めに入れたということで、ものすごく私を複雑な気持ちにさせた。

不安のほうが多いけれど、決して嫌ではなく会えるのはちょっぴり楽しみでもあって、でもやっぱり不安で、考えるとドキドキが増してくる。

この半年で、アンドリューがこの国の王太子殿下として動いているのを見てきた。ときに冷酷な面を覗かせることもあったが、先に考えることがあっての判断だと思うと頼りになる人だと痛感した。

その反面、オフのときなどはちょっとからかわれたり優しく声をかけられたり、直接会ってはいないが通信や手紙でいろいろなアンドリューを知るたびに、王子が言ったように忘れられない存在どころか、私の中でだいぶ存在感が増してきていた。

「そう。良かった。気にかけていただいていることはとてもありがたいのですから、お会いできた際は必ずお礼は申し上げなければ」

「……はい」

わかっているのだけど、会うって思うと緊張してくる。

今日この日までできるだけ考えないようにしてきたが、とうとう物理的に距離が近くなると思ったらどうしても王子の顔がちらつく。それだけではないのだが、昨夜はうまく寝付けなかった。

「ふふっ。大丈夫よ。ティアが嫌なら逃げたらいいのだから。でも、最低限の礼儀は忘れずに、自分を守るために相手の心まで踏みにじってはだめよ」

「わかっています」

「ふふっ。お似合いだと思うのだけどな」

アンドリューは、私を気に入っていることを隠しもしない。

オズワルドもそれとなく王子推しを両親にするので、騒ぎ立てはしないが、手紙やプレゼントが届くたびに、周囲からはそわそわと生暖かく見守られている感じが伝わってきていた。

姉の前例があるから耐性が付いたのか、余計にこの展開に期待しているようだが、相手はこの国の王太子殿下ですよって言いたい。

けれど実際に迫られたこともあって、でも半年前で、それでも飽きもせずコンタクトは取ってくるしで、私もアンドリューのことになると落ちつかない。

「身分が違います」

「あら、いやだ。ティアのおかげで伯爵家もそこそこの評価を得ているのよ。以前ならまだしも、まったく不可能というわけではないわ。いずれにしろ、まずティアは学園に入学だものね」

「はい。たくさん学びたいと思います」

母の振りに、はきはきと答えた。

話が逸れてほっとしたのも本当だが、学園に入るのはずっと楽しみにしていた。年長者組がたくさんの知識を披露するたびに、私も学びたくて自らできることを増やしたくて仕方がなかった。

そしてとうとう、王都へと旅立つ日がやってきた。

姉のシルヴィアの婚姻式の準備もあり、母と早めに王都へと向かう。そのまま式に参列し、王都では事業に関してしばらく準備をして、そのまま入学と同時に寮に入る予定だ。

父はこちらでの仕事がまだあり、ぎりぎりに王都へとやってくる。

私の力が必要なところ以外は、周囲の大人たちや野菜や果物たちに任せられるようにこの半年でなんとか整えたので、一番仕事量が増えたのは当然ながら伯爵当主である父だ。

領民のため、野菜や果物のため、そして北部のためにぜひとも頑張ってほしい。

父はのほほんとして見えるが、本人はとてもやる気に満ちているのできっと大丈夫だろう。

アンドリューやオズワルドが協力してくれたことも大きく、辺境伯とも繋がりができ、出荷先や経路、人材的にも不足はなく回っている。

まだ私の魔力が解明できたわけではないので不安要素はあるが、ひとまず体制は整ったので本当に良かった。

足元が騒がしく、視線を下げる。

この二年間で伯爵領を豊かにしてくれ、賑わいをもたらしてくれた野菜たちがわらわらと集まっている。動ける野菜たちが一斉に揃っている姿は圧巻だ。

その先頭にはシュクリュとカブ隊長。

「みんな、しばらく留守にするけれど定期的に帰ってくるからね」

『わふわふっ』

じぃぃぃぃぃ。

シュクリュは甘えるように足の周りに体を擦り付け、カブ隊長は頭に黄色いリボンをつけ見上げてきている。

話には聞いていたが、隊長のこの姿を実は初めて見る。そして、これが隊長なりの見送り方と決意表明なのだと思うといじらしくなり、しゃがんで二体を抱きしめた。

「隊長、シュクリュ。行ってきます。畑を頼むわね」

そう告げると、『わふっ』と返事をしてぶんぶん尻尾を振るシュクリュと、隊長はぴしっと手を敬礼するように折り曲げた。

かっちょええ。

「ありがとう」

隊長の頭にあるリボンは私があげたものだ。

前回公爵領に行き留守にしていた間、私のリボンを見つけるとそれをつけて出荷する野菜たちを見送りするようになったそうで、そういうことならとそのリボンは隊長に進呈した。

ジェシカ曰く、それまでは出荷する野菜も寂しそうだったから、フロンティアお嬢様の代わりとしてリボンをつけたのではという話。

ジョンはまた違う意見で、何やらシュクリュと秘密のやり取りをするためのリボンと主張する。

なんだそれっと思ったけれど、どちらも楽しそうなのでリボンくらい何本でもっと思ったのだが、その黄色いリボンがいいらしい。

なんか、いろいろ尊い隊長。

野菜たちはあなたに任せた！

「みんな、元気でねー」

今後のためにも、ハートネット公爵領とロードウェスター伯爵領と辺境伯領を繋ぐルート短縮を王子たちは検討してくれている。いろいろやりすぎるとほかの貴族たちに反発される可能性が高いので、王都と伯爵領を直接繋げるルートは断念したらしい。

ありがたい話だけれど、好待遇すぎるそれは目立つことこの上ないので、断念してくれて良かったと心底思った。

とにかく、ルートが確立すれば今まで以上に行き来しやすくなると思われるので、ちょっぴり寂しいがまたすぐ会えると私は笑顔で手を振った。

ぶんぶんと手を振ると、野菜たちが手を振り尻を振り頭を振り、踊りだすものまで現れ盛大に見送られる。

美脚大根の大根ズはまだ美脚に誇りを持っているようで、全員が揃った綺麗な角度で足を出している。人参はふみふみダンスだし、ラディッシュたちはナルシストな茄子のヘタの上に乗ってぱたぱた足を動かしている。

ぽよんぽよんと飛び跳ねるものや、上へ上へと積み上がっていくものと、実に賑わう元気な野菜たちのそばで、父やジョンやジェシカといった使用人、領民たちに見送られた。

「頑張らなくっちゃ」

学園での生活、王都での事業、そして王子。

たくさんやりたいことや不安なことと心配もあるが、たくさんのエネルギーを伯爵領からもらい、私は新生活に胸を弾ませて晴れやかな笑顔を浮かべた。

第六章　王都での再会

学園からそう離れていない店の前、私は眩しくて額に手をかざしながらなんとなく太陽の位置を確認し、どこを見ても同じ光の強さにほっと息をついた。

想像はしていたが、それ以上に王都の賑わいはロードウェスター領と比べものにならないくらいたくさんの人や物が溢れていた。目新しいものも多く、道も広くて整備されている。

観光客向けの店も多く、店の看板や並べられている商品もパッケージにこだわりを見せ、眺めているだけで楽しい。

しかもだ。やっぱり魔法のある世界。ちょっと怪しげな魔術系のお店も並んでいたりして、わくわくしてしまう要素がいっぱいだ。

――まさしく、前世の乙女ゲームで見た景色がこんな風だったなぁ。

私はゆっくりと周囲を見回した。知っている店はないかと探し、アイスクリーム屋さんのピンク色のポップな看板に目が釘付けになる。

「あっ、あそこ、ヒロインと攻略対象者が必ずデートで食べるとこっ！」

行ったことはないけど知っているお店を見つけ、テンションが上がる。

「ああー、本当に来たって感じがするー」

乙女ゲームのヒロインが通っていた学園では、教室や廊下やかかっていた絵画を見つけるたびに興奮していたが、ここでも飽きずにやっぱりテンションが上がった。

あれはあくまで乙女ゲームの世界だとわかっていて、すでに攻略対象者たちはそれぞれの人生を歩んでいるのだが、画面越しに見えていたものを実際に目にするとやっぱり嬉しくなる。

王都に来てまだ日が浅い私にとっては物珍しく、興奮が静まるのはもう少し先になるかもしれない。

ふぅーと息を吐き出して気持ちを落ちつかせた。

ロードウェスター領のみんなに見送られ、王都に到着してからしばらく経っているが、何かとすることが多くてゆっくりと周囲を見回している余裕がなかった。

姉と推しのオズワルドの婚姻式も無事行われ――というか尊い時間だった。

シルヴィアはすごく綺麗だったし、幸せそうな姉の姿に感動した。

一緒に過ごした時間や前世では乙女ゲームの一言モブ令嬢であったのに、一番難関でまだまともな性癖の推しのオズワルドとくっつくなど、いろいろなことが感慨深くて私にとっても特別な日となった。

そのあと、しばらく姉と連絡が取れない時期があり、おおよその見当はついているので違う意味で心配してはいたが、無事姉は生還した。

掠れた声の姉はどれだけ愛されたのってくらい色っぽくてやばかったが、オズワルドが姉を潰すようなことはしないだろうし、愛があるのはやっぱりいい。私の二人推しは健在だ。

尊いし、愛あるエロはいい。幸せオーラが出てるとこっちまで幸せになれる。

そして、今日は王都に来て初めてアンドリュー王子と会う日だ。婚姻式ではちらりと姿は見たがそれだけだった。卒業後は職務が山積みであったらしく、しかもオズワルドが新婚のため長期的に休みを取ったせいでなかなかタイトなスケジュールをこなしていたようだ。

姉が解放された時期を思うと、姉も大変だっただろうけれど、王子やほかの側近もオズワルドの仕事が回ってきて大変だっただろう。

会おうと連絡があった際のその疲れた声を聞いて、私には関係はないけれど、姉とは身内ではあるので、身内の夫のわがままのせいだと思うと少し申し訳なくなった。

指定された店に入ると奥のさらに奥へと通され、ひとつの部屋にたどり着く。

護衛が部屋の前に立っており、無駄のない動きで扉を開けられて中へと通されると、そこで待っていたのは金髪碧眼のプリンス。

私が入ると、肘をついて窓の外を眺めていたアンドリューはすくりと立ち上がった。

少し疲れを含み笑う姿は色気が増し、この半年でまた身長が伸びたのか、以前より私の目線が上がる。

「ティア。よく来てくれたね」

通信で聞くよりも響く声音は耳朶を震わせ、澄み渡る青の瞳は相変わらず綺麗で、その美しさに思わず見惚れ立ち止まった。

「ティア？」

ふっ、と微笑む姿はやはり洗練されている。

自然に私へ差し伸べられた手に、考えることなく己の手を乗せた。

誘導された席は日差しが足元を照らし心地よく、まるで時間限定の特等席のよう。窓からは大きな広場が見え、そこで遊ぶ子供や散歩する人々が見えている。けれど誰もこちらを気にした様子はなく、隠し窓的に魔法がかかっているのかもしれない。

今回のようにお忍び用に使われるための部屋なのだろう。

「初めの給仕だけであとは勝手にするから、呼ぶまでは来なくていい」

「かしこまりました」

私の目の前で右手を上げて軽く振り、当然のように命令するアンドリュー。

言葉で表せられないくらいとても煌びやかで、思わず見入ってしまうほど一つひとつの動作が洗練されている。

「ティアは苦手なものとかなかったかな？」

「はい」

「では、手筈通りに」

こちらに視線をやり、にこっと笑うとまた使用人に視線を戻す。

私はその横顔をじっと眺めた。

手紙や通信でやり取りはしていても生は違う。視覚に、聴覚に、ずぅんと直接響いてくる。自分の表現力が乏しくて言い表しにくいが、とにかく目の前にアンドリューがいる事実にとても重みを感じた。

なにより嗅覚。近くに寄ったときの匂いがまた良くて、王都に、王子がいる場所へと来たのだと実感させられた。

学生という肩書きが抜け、さらにこの短期間で貫禄がついたのか、それとも私が意識しているからか、以前より存在感が増している。

今なら、伯爵領のニアミス（隊長脱走事件）時もすぐにわかったかもしれないくらい、この国の王太子殿下としてそこにいた。

「ティア」

再度優しく名を呼ばれ、はっと意識を改めた。

前に座ったアンドリューは、半年前と変わらないくらい熱心にじっと私を見ている。

蒼海そのもののような隅々まで見渡し知ろうとする怖いほど美しい双眸に目を瞬かせ、醸し出す雰囲気に呑み込まれてしまう前にと慌てて頭を下げた。

心づもりしていたつもりだったが久しぶりの王子の美貌と圧に押されて、挨拶するのも出遅れてしまう。

「お久しぶりです。殿下」

「ああ。ようやく会えた。元気だった？」

「はい。おかげさまで。さまざまな援助や助言、そして贈り物を頂き、ありがとうございます」

「使ってくれているようで嬉しいよ。思った通りティアにとてもよく似合う」

ふわっと嬉しそうに微笑まれ、きっと気づくだろうなと思ってつけてきたネックレスを思わず隠したくなった。

うずうずする手をなんとか膝の上に押しとどめ、結局我慢できずに少し俯いた。

きっと、少し頬が赤くなっているだろう。

シンプルなデザインは年相応であり使い勝手が良く、どんな服にも合わせやすい。

今までのリボンだとか王都の有名な焼き菓子だとか、農作業に便利そうだとかいったものとは違って、王都に旅立つ前に最後に送られた贈り物は高価なもの。

その上、プラチナのチェーンにチャームは殿下の瞳を思わせる碧色。それに何も思わないほど鈍感ではないつもりだ。

よく前世のゲームや物語でも恋人や婚約者同士で相手の瞳の色を身にまとう話があったし、姉はまさに必ずどこかにオズワルドの色を身につけている。

ただ、この半年間連絡は取っていたといっても北部の話題が主で、魔力や農作物についての真面目な話が多く、あとは王子と伯爵令嬢にしては気安いやり取りくらいで、男女のやり取りっぽいのはプレゼントのみだった。

そのため、王子の真意を測りかねて余計に気になるというか、どっちだったら自分は嬉しいのかもわからないままこの日を迎えた。

お礼をどう言おうとか何かお返しをとか、相手は王太子殿下だとか、プレゼントの意味をそのまま受け取ってもいいのだろうかとか、たくさんのことを考えた。

逃げ出したい要素はあるけれど、アンドリュー自体はやっぱり嫌いになれない。

むしろ、推しのオズワルドとは違った意味で気になって仕方がない異性だ。

「あ、ありがとうございます」

「うん。この目で直接見られる日がようやくきた」

「…………っ」

あぁぁぁ〜、なんか王子が普通の甘さを出している。優しい。

前のぐいぐいとは違った爽やかさに、戸惑う。

「これからも、できるのなら学園でもつけてくれると嬉しい」

「は、はい」

にこっと曇りのない笑顔で言われ、流れる雰囲気に呑まれて頷いてしまった。

アクセサリー類は勉強の妨げにならなければ禁止されておらず、比較的自由なのでそこは問題ない。だが、その意図が気になるところではある。

「ありがとう」

「いえ……」

お礼を言われてはやっぱりとは言い出しにくく、これで常に身につけることが決定した。

腹黒をちらつかされず爽やかな王子様であっても、アンドリューはやはり人を従わせることに慣れた王族なのだ。

ごくごく自然体のやり取りや空気に、勝てる気がしない。

消極的な了承でもアンドリューは眩しそうに目を細め、嬉しそうに声を弾ませる。

「本当に似合っているよ」

「ありがとうございます。このほかにもいろいろと頂き、どれも大事に使わせていただいてます」

「遠く離れてすぐに会いに行けない分、そんなことしかできなかったからな。俺のことを忘れないでいてほしかっただけだから」

「……っぅ、お心遣いとても感謝しております」

うわぁー、やっぱりアンドリューが爽やかに甘い。

なんとか照れずに返答したが、恥ずかしさで頬がひくひくしそうだ。

この甘さにそわそわするけど嬉しいそわそわで、どういった顔をしていいのかわからず眉を下げ小さく笑みを浮かべた。

嬉しいのに不安。王子を前にするとそれは顕著になった。

前回みたいにぐいぐい来られるのも困るけれど、これはこれでどうしていいのかわからない。身分は大いに気になるところだし、半年前のこと、そして前世の情報が非常に不安にさせる。

乙女ゲームの王子情報では、気に入った相手は逃しはしないとぐいぐい攻める。

普段の品行方正さをあえて剥がし、俺様全開だけど大事に大事にされて、恋愛にうつつを抜かすわけではなく王太子としての役割をこなしながら、空いた時間は少しでも愛しの君との時間をとばかりにあっちも手が早い。

つまり、どこでも盛るってことで、王子ターンは野外での場面が多い。護衛がそばにいるのが常の王子は人の気配に慣れて気にならないのか、どこでもヒロインをいじめて甘やかして必ずとろけさせていた。

誰か聞いてるかも、見られるかもと羞恥が過ぎるが、それも熱くさせる要素ではあった。本当、その手数とかタイミングがすごかった。

腹黒で政敵に油断せず、仕事も恋愛も手を抜かず、それでいて遊び心をたまに覗かせるその俺様っぷりは見事で、ゲームをやっていても飽きなかった。

オズワルドの絶倫と一緒で、愛だね、愛っと、キュンキュンするばかり。イケイケもっと攻めろー、でろでろのとろとろにしちゃえーっと王子を応援しながら萌えていたけど、まさか自分に矛《ほこ》先《さき》が向かうなんて恐ろしい以外の言葉がない。何度も言うが羞恥が過ぎる。

「ティア」

うむむぅっとそのことを思い出し考えていたらアンドリューに名を呼ばれ、ぴくっと肩が跳ねた。

半年前にロックオンされたとはいえ、まだ完全ではないはずだ。これはちょっと意識しすぎていると、小さく深呼吸を繰り返しアンドリューを見た。

こういうときは、令嬢らしく微笑む猫かぶりに限る。半年経ってまた何か心境が変わってるかもしれないし、あまり構えすぎてもいけない。意識を入れ替えようとにっこりと笑顔を浮かべた。

今は王子によくしてもらった一令嬢として、しっかり礼を言わなければ。

王太子殿下に気にかけてもらっていることは、学園に来て功績を見聞きするたびにさらにありがたいことだと実感したばかりだ。

「その、プレゼントのほかにもいろいろご助言をいただき、野菜たちもますます元気に活動するようになりました。伯爵領がさらに活気づいたのも殿下のお力添えがあったおかげです。ありがとうございます」

「ティアの力があるからこそ、北部の食料問題に兆しが見えてきた。もっと誇りに思えばいい。この半年、大変なこともあったとは思うが、よく頑張ってくれた」

表情を改めたアンドリューにそう言われ、小さく頷いた。

「まだ不安要素はありますが、このまま供給が続けられたらと思います。ですが、私の力で魔物が減るわけではないので」

「それでも食料問題が改善されたことで、先の見通しもつき兵士たちも活気づいた。腹を空かせていればどうしても後ろ向きな考えになるし、体力の面でも心配になる。衣食住の確保は何をするにしても大事だ」

気力というものは満たされて発揮されるものと、枯渇し奮起して発揮するものとがあるが、持続するにはやはり満たすほうが大事だ。

そのためにも、アンドリューの衣食住が大事だと言うのはもっともで、そのうちのひとつに少しでも貢献できているのならやはり嬉しい。

同じ食べるでもただ腹を満たすだけでなく美味しいと感じ、気持ちが満たされるほうがいいに決まっている。

それに健気な野菜たちを美味しく食べてくれる人が増えることは、頑張ってくれる伯爵領の人たち、そして関わる人が増えるにつれ、なにより野菜そのものを思うと非常に喜ばしい。

「少しでもお役に立っているのなら私も嬉しいです」

「ああ、辺境伯の反応も悪いものではなく、こちらとしても連携が取りやすくなった。直接連絡がくることもあるだろう？」

「はい。あります」

「あるのか？」

自分で聞いておいて、アンドリューは少しだけ落胆したような複雑な表情を浮かべた。

「えっ？」

「いや。ティアの貢献にドルヴァナ辺境伯も喜んでいたからな。そうか。直接か……。それは伯爵に？」

「どちらもです」

「なるほど」

そこで笑みを深めるアンドリュー。

辺境伯を紹介したのは王子なので、何が問題なのかわからず私は条件反射のように口角をぎこちなく持ち上げた。

警戒する私にアンドリューが、ふっ、と爽やかにそれはもう神々しい笑みを浮かべた。警戒心が一気に跳ね上がる。

そこでカップに口をつけソーサーにゆっくりと置くと、アンドリューは私を見据えた。穏やかに微笑を浮かべているが、その声には真剣味が帯びる。

「初めて会ったときは困らせてしまったな。どうしたらティアに印象付けられるかと焦って悪かったと思っている」

「いえ」

「警戒している？」

机に両肘をつき覗き込むように見つめられ、見透かされているのに否定するのもなと思い、小さく頷いた。

俺様腹黒王子から出た言葉は意外とまともだ。だから今日は節度ある距離感なのかと納得し、少し警戒心が緩む。

「正直に話してもいいでしょうか？」

「ああ」

静かに頷かれ、正直に気持ちを吐露した。

「前回距離が近かったので少し」

「そうか。ティアが年下だということはわかっていたつもりだが、すぐまた離れると思うとやりすぎてしまった。もう少し考慮すべきだった」

「……驚きましたし、やりすぎだとは思いましたが、殿下のご配慮も感じましたので」

あの流れで唇にキスされなかったことは、前世の記憶のある私からしたら、こちらの気持ちを考えてくれてのことだろうと察せられた。

手が早いことは早いのだが、相手をまるっと無視してというわけでもないから、殊勝な態度を取られると怒るに怒れない。

無理強いされたとかではなく、どちらかというと恥ずかしさが勝っていた出来事だ。

「怒ってない？」

「はい。その、何度も言いますが、やりすぎではありましたが、いろいろな面で殿下のご配慮を感じましたので」

免疫のなかった私には一大事だったので、大丈夫ですとはさすがに言えない。

だが、王子自身がやりすぎたと思って反省してくれているなら気にしすぎないでほしいし、ぐいぐいきたが可愛がられた延長というか、まあそんな感じであったのであまり騒ぎ立てたくなかった。

この半年でアンドリューがとても頼りになること、ただエロく俺様なだけでないことも知った。

不安はあるが王子としての信頼は厚い。そう伝わるように視線を逸らさず見つめていると、アンドリューは金の睫毛を瞬かせ、ふわりと笑った。それはもう神々しさのさらに上をいくかのような、柔らかな笑みだった。

ま、眩しすぎる。

麗しさと可愛さも含むその笑顔は目に、心に、じわりと染み込みすぎて、甘い毒のようだ。

今日は腹黒はどこにいったのか？　腹黒が見えなくて逆に不安になるなんて予想していなかった。

手を伸ばしたアンドリューが、カップに手を添えたまま飲むタイミングを逸していた私の指先をきゅっと掴んでくる。

「ティア。君たち姉妹は聡明で純粋で、そしてティアにしかない魅力に惹かれて俺はこの半年間忘れられずにいた。北部の問題のためにも必要な人物であるが、それとは別に一人の男として魅せられてやまない。どうか、これからティアを口説く権利をくれないか？」

「………っ……えっ？」

誠実な言葉に、とくんと胸が弾む。

攻めは攻めでも正攻法でこられると、ぐらぐらと気持ちが揺れる。それでなくとも、この半年で私も王子の存在を大いに意識してきたのだ。

忘れよう、忘れようと思っている時点で気にしているのと一緒で、そんな相手に改めて告白されると、さまざまな不安が吹っ飛んでいく。

言葉に、その美しさに見惚れていると、握られていた指先にまた緩く力が込められ、手先に全神経が集中していく。

なんだか今日のアンドリューのスキンシップがまともすぎる。

前回が前回だったから、こんなちょっとした触れ合いでもドキドキする。

こんな一面もあるんだと言葉もなくアンドリューを見ていたら、突如にやっと笑みを浮かべ腰を上げた。急に距離が近くなり、空気の濃度が上がる。

「ここに触れていいのは俺だけだ。誰にも許してはだめだよ」

「……っ」

目を細め色気たっぷりささやかれ、すぅっと親指で唇をなぞられる。

前回のことがあってすぐにきゅっと口を閉じたが、アンドリューはそれっきりあっさりと引き上げ席に座り直した。

驚きでまともな反応ができないでいる私を楽しそうに眺め、アンドリューは続ける。

「次からはしっかり心にも体にもわからせるから。王都に来て会えるようになったからには俺なりにティアにアピールしていかないとな。学園の男子生徒たちより一緒にいられる時間も少ないし、負けてられない」

いやいや。わからせていただかなくて結構です。

あと、どこと張り合っているんですか。公爵、侯爵、辺境伯あたりならまだしも、伯爵以下の身分はこの国では北部の者は下に見られがちで、下手したら南部の成金男爵家の子息令嬢たちにもバカにされるくらいだ。そんな相手に粉かけようなんて風変わりな人物はいないだろう。

「その、田舎の令嬢に興味を持つ相手なんて……」

「それでもだ。ティア。俺の子猫さん」

「……こねこ」

「俺の、だろ？　俺は自分のものにちょっかいをかけられるのが嫌いだ。だから、ずっととは言わないが、そのネックレスも気に入ったのならしっかりつけておけよ」

……子猫さん？　もしかして、ネックレス《これ》は首輪ってこと？

やっぱり、アンドリューはアンドリューだった。

一筋縄ではいかない王子様。今回は手加減されたが、次からはしっかり攻めにいくぞと宣言されてしまった。

ぽかん、と口を開けた私を見て、アンドリューは返事など求めていないのか、にっといたずらっ子のように爽やかに笑みを浮かべ、ふふっと楽しげに頭をぽんぽんと撫でてきた。

その優しい手つきにどう反応していいのかわからないまま、あわあわと口を開閉したが、結局言葉が見つからず静かに瞼を閉じた。

◇◇◇

外はしとしとと雨が降り、窓を濡らしていく。

私は机に懐くように頬をくっつけながら、雨粒がぴとっとくっつき時間差でつぅーっと流れていくのを眺め、「ううーん」と唸った。

学園に入学して一か月が経った休日、私は自身のお店に来ていた。前世でいうところのアンテナショップ。

せっかく王都にいるのだから地方の特産品を売り出し、反応を見て商品を開発していこうと、野菜の収穫が安定しだした頃からリヤーフと考えていたことだ。

在庫報告書に目を通していたリヤーフが、私のぐでっぷりに苦笑する。

「そろそろ次の新商品を考えていったほうが良さそうですね」

「そうねー。王都の人たちの欲望をなめてたわっ」

呆れた笑いにさすがに令嬢としていただけなかったと姿勢を戻し、店内を見回す。私はごそっと空いた場所を見つめて溜め息をついた。

一度良いと触れ込みが回るとそればかりに集中してしまい、棚を見ただけで売れるものと売れ残るものの差が歴然としていた。

現在の流行りはイチゴジャムである。果物も順調に育つおかげで、いろいろなジャムが作れるようになったのだが、見た目の色だとかイチゴの健気な逆さへの努力が報われたのか、自然の甘みが美味しいと評判になった。せっかくなら可愛らしくと思い、こちらで定番の丸の瓶ではなく六角形の瓶に詰めると飛ぶように売れた。

パンが主食なので納得の売れ行きではあるのだが、在庫がなくなるほどとは想像していなかった。だが、これもいつまで続くかわからないし、一点集中するのはあまり良くない。

「王都の人々は多種多様なものが集まる分、目や舌は肥えていますからね。新しいものに敏感なんですよ」

「私としては、あまりあれこれ取り入れたくないのだけど。目新しいものはすぐに飽きられもすると思うの。なら、良いものを長く愛してもらうほうがいいわ」

王都の人は流行りに敏感で飽きるのも早く、ここで店を構える限り新しい商品を考えていくのは必要だ。

ただリヤーフにも言ったが、あくまで野菜の良さを知ってもらいたくて王都に店を出したので、新しいことを求めすぎてそこがブレるのは嫌だった。

「俺もお嬢様の考えには賛成です。無理せず少し工夫するくらいのものでと思ってます。今はワインがありますからね。下手な売り込みをしなくても集客はできてますし」

「リヤーフ的には売り上げさえ落ちなければいいってことね」

「はい。このまま落ち込まなければ無理してまでとは思ってませんので、お嬢様がしたいことをできる範囲でやるほうがうまく回る気がします」

「わかったわ。考えてみる」

生野菜もぜひとも食べてほしいが、やはり伯爵領から距離がある分、王都に運ぶのは品質やコストの面では難しい。

それでなくとも南部は農作物が豊作なので、北部の野菜をわざわざ高いお金を出して買うはずもなく、野菜そのものは売りこめない。

それで加工品なのだが、想像以上にイチゴジャムの売り上げが良かったので、ほかが目立たなくなってしまった。素材の味を生かした商品としてほかの種類のジャムも美味しくできているし、野菜のチップスなども食べてほしい。

「うーん。この際だから、月ごとにプッシュする商品を変えていくっていうのもいいかも」

むしろ、野菜たちについて知ってもらうために、期間限定でピックアップした野菜や果物の良さを順番に売り込むほうがいいかもしれない。いろいろやりようはあるだろう。

「それはいいですね。その月で推す野菜や果物を決めて、夏はシャーベットなどテーマを打ち立てそれを中心に売り出す。そして、今回のイチゴジャムみたいに反応が良かったものは定番化して、ある程度ストックを置いていくようにしていくと、こちらも無理はないですし」

「じゃあ、その方向でお願い」

リヤーフの賛同も得られたので安堵する。

えっさほらさと仲間を増やしていく野菜たちが余ってしまう状況にはしたくない。すべてがうまく循環できるようにするのが始めた私の使命だ。

「任せておいてください！」

「頼もしいわね」

商売人なので利益を念頭に行動するリヤーフと、野菜に情が移りすぎている私とでは意見が食い違うこともあるが、どちらも領地や野菜のためを思っている。目指すところは一緒であるし、頼もしく明るい相棒の存在には救われる。

報告書を指で弾き実に楽しそうに返事するリヤーフを見てふふっと笑った。

そうこうしていると、しとしとと降っていた雨もいつの間にかやみ、窓の外は雲の隙間から日が差し込んできた。店内もわずかだが先ほどより明るくなる。

「雨がやんだみたいね」

「ここ数日続いてましたからね。恵みの雨といえど、やはり晴れると嬉しいですね」

「そうね。このまま晴れれば、ここ数日遠のいていたお客さんも戻ってきて、また忙しくなりそうね」

明るい日差しは、気分まで晴れやかにしてくれる。

「ありがたいことです。王都で店を出すことを渋っていた父も、今回の事業に人員を増やすって言っていたので頑張りますよ」

「ありがたいわ」

天気と同じように商売にも少し見通しがついた。

初めてのことばかりで何が正解かわからず、手探り状態だと気を張っていて疲れることが多い。

それに事業がうまくいったとしても、私の魔力の影響がどこまで続くかわからないのも事実で、あまり手を広げたくなかった。現在、そういったことに理解を示してくれる相手としか取引はしていない。

リヤーフの父親、シュタイン商会の長はそこをずっと懸念し慎重に動いていたが、このたびゴーサインが出たようだ。それを思うと自分を認め、信じてくれる人が増えたことは心強い。

ふぅっと息を吐くと、再び報告書に視線をやっていたリヤーフがこげ茶色の瞳を上げた。

「どうしたんですか？」

「商売って大変ねって思ってたところ」

商売に限らずだが、理想と現実は違う。

踏み出してわかること、知ることがたくさんで、その後常に追い求めて努力し続けることがどれだけ大事かわかった。

「そうですね。見通しが甘く損をすることもありますが、こちらも誇りを持ってやっていますので、うまく軌道に乗ったときは楽しくて仕方がないです。特に、お嬢様とする事業は思ってもみないことが多く楽しすぎてやめられません」

「そうなの？」

不確定要素が多くて、商売人としては好ましくないのだと思っていた。

リヤーフ自身は乗りがいいので付き合ってくれているし、成功している今だから良かったと言えるが、初めはとても不安だったはずだ。

「そうですよ。野菜が足を生やして行列をなして出荷に行くなんて、誰が考えますか？　今では見慣れましたけどね。このことを知らない相手に売り込みに行くとバカにされたりするんですけど、そういった相手や半信半疑の相手を領地に連れていって驚いた顔を見るのも楽しいです」

「ああ～。よく知らないおじさんの横で肩を震わせて笑っているの、そういうことだったのね」

「ええ。あえて詳細を言わずに驚かすのにはまっちゃって。品質は食べてもらえばわかるので、見せてしまえばこっちのものですよ」

くくっと実に楽しそうに笑うリヤーフに、私は乾いた笑みを漏らした。

どやぁって思うのもわからないでもない。だって、野菜たちは健気でいい子たちばかりだから、その姿を見せびらかしたい気持ちもわかる。

わかるが実際して楽しむって、目上の人が多いだろうにリヤーフは肝が据わっている。

「楽しそうで良かったわ。でも、隊長たち一部の野菜は長くいるけれど、一定の期間が経ったらお手伝い希望の野菜たちも普通の野菜に戻ってしまうし、その辺りのメカニズムはわからないから、それがいつまで続くのかは不安ではあるのよね」

「確かにそこは不安ですよね。あまりに隊長とか普通にいるから忘れがちになりますけど」

「そうなのよ。それに今更隊長たちとお別れとか嫌だし。もしいつかはそういう時期がくるのだとしても、こうして離れている間に別れるなんて絶対嫌だって思うから、その辺はそろそろはっきりさせたいところなのだけど」

魔力解明といえば、攻める宣言をされたあの日からアンドリューを警戒していたが、まだしばらく忙しいようだ。

北部の辺境の魔物活性化について協議が続いており、姉経由情報だが北と南の貴族の温度差に頭を痛めているとのこと。

姉が学園に行くときはここまで国の現状や在り方を考えたこともなく、単純に伯爵領が豊かになればと思っていたが、今では南部と北部の差が悩ましい。

アンドリューやオズワルドとの出会い、そして辺境伯と繋がることで、伯爵領だけでなく、北部全体で活気付いてほしいと思うようになった。

外の濡れた路面は、先ほどより多くの人々が行き来している。

私は、さまざまな人種や身分の人を見てきたリヤーフならではの意見を聞いてみたくなって疑問を口にした。

「ねぇ、リヤーフ。なんでこの国は南北で格差が大きく意識の仕方にも差があるのかな?」

七つ下の小娘の言葉に、リヤーフは笑うことなく真面目な顔をして頷く。

彼は一度視線を下げると、ゆっくりと口を開いた。

「そうですね。仕事をしていてもよく感じますが、まずひとつに王都が南部にあり、そこを中心に勢力を上げ、現在の国の形になった歴史が関係しています。お嬢様も知っての通り、土壌の違いで豊かさは綺麗に南北で変わりますし、必然的に何に力を入れるかも変わってきますからね。北部のほうは生きるための政策になりますが、南部のほうはどれだけ利益を、権力を強めるかに力が注がれてきた経緯もあって、また差ができたと考えています」

「やっぱりそうなのよねぇ。授業でも習うのだけど歴史でも南部の貴族の話ばかりだし。魔物討伐でようやく辺境伯の名前が出てくるくらいで、北部は存在しないのってくらい話題に上がらないし。王族に嫁ぐのは南部の貴族ばかりで勢力も余計に南部に集中したのよね」

教科書に載っていたのは、南部の領地についてがほとんどだった。それが悪いとは言わないし、実際北の名産物や有名どころを挙げろと言われても、特に挙がらないのが現実なのだが、北部出身としては悲しい。

「権力は集中しやすいですからね。一度甘い汁を吸うとそこから落ちないようにいろいろ手を尽くすものですし」

「そうよねぇ。学園はまさに縮図って感じだわ」

そう告げると、おやっ、とリヤーフが眉を上げ、面白そうに口角を上げた。

「そうなんですか。お貴族様も大変ですね」

「もう。他人事だと思って」

目元を楽しげに細める彼を軽く睨みつける。

すると、労わるような眼差しに変えたリヤーフが小さく肩を竦めた。

「我らのフロンティアお嬢様はそんな相手に負けませんから。無理はしないでほしいですが、同年代のご子息令嬢にただただやられるお嬢様だったら、自らお店開いたりなんてしませんからね」

「もうっ！」

確かに負けないし気にはしていないけど、目の当たりにするといろいろ思うことはある。

「まあ、頑張るわ」

「まさしく、今揉まれてるとこなんですね」

「そうよ。ヴィア姉さまも通った道だと思うと萌えるわ」

きっとシルヴィアは気づいていても、さくっと華麗にスルーしていただろう。もしくは、オズワルドがそういったことからも守っていそうだ。

うん。そっちの可能性もすごく高い。あとは、やっぱり迷惑ヒロインの存在でそれどころではなかったかだ。

「何やる気満々になってるんですか。そこで燃え、もしかして萌えのほう、……それでも萌えないでください」

「でも、わかりやすくって。実害がない限りはほぼスルーしてるけど、すっごく鼻につく人がいるのよねー」

私の性格上、低レベルなら無視してしまえるが、あまりにも度が過ぎると気になってしまうし、ついつい口が出てしまいそうになる。同じ次元で言い合いはしたくないが、こちらにだって矜持がある。

まあ、先のことは先のことだ。オズワルドやアンドリューや辺境伯といった顔ぶれと接してきた私にとっては、ちょっと面倒だなくらいのこと。むしろ、逆に新鮮だと思える部分もある。

やり返すならきっちり北部を宣伝しようと考え、ふふふっと笑っていると、リヤーフが口調は軽いものの心配そうな顔で私を見る。

「そうですか。くれぐれも気をつけてください。お嬢様に何かあったら怒るものがいっぱいいますので」

「ふふっ。わかってるわ」

「あと、違う心配もあります」

「違う心配って？」

じぃっと見つめると彼はうーんと首を捻る。気持ちを代弁する言葉を探しながらもうまく見つからない顔で心配と言われて、私も同じように首を捻った。

リヤーフは何度か考えるようにうーんと唸り、見つけたかもとはっと顔を輝かせた。

「ぎゃふん？」

「何それ？」

「実害とかではなくって、お嬢様はびっくり箱みたいなものですからね。仕掛けた側があまりにも不憫なことにならないか、お年頃ですので心配だなぁと」

心配してくれているのは伝わるのだが、びっくり箱はまったく褒められている気がしない。

「どっちの心配をしているのよ」

「もちろん。お嬢様ですよ。ぎゃふんは見てみたい気もしますが」

最後は心配よりは楽しげな声で締めくくられ、学園では貴族令嬢らしく大人しく過ごしているのにと私は唇を尖らせた。

◇　◇　◇

王都サンフランチェにある歴史的建造物のひとつである学園。

十六歳、つまり十七になる年になったら貴族の令息令嬢が二年間通うための寮完備の学園の教室で、私は見事な縦ロールに魅入っていた。

何時間かけたらそうなるのか。やっぱりそこは魔法が関係しているのか。彼女が動くたびにバネみたいにぼよん、ぼよんと動き定位置に戻るロールに視線は釘付けだ。

「ロードウェスター嬢、聞いてますか？」

「はい。見事だなと」

「そうなのよ」

私の視線がどこにいっているのか気づいた友人のミシェルが、そこで「ぐふっ」と噴き出した。対する縦ロール令嬢はなぜか誇らしげに頷いている。

ミシェルは令嬢にあるまじき笑いに慌てて口を押さえたが、笑いを堪えきれず肩を揺らした。

彼女とは学園に入って同じ北部出身ということもあり、意気投合して仲良くなった。

「ちょっと、フロンティア」

笑わすのはやめてくれとくいくいっと服を引っ張られるが、どうしても上下する髪が気になった。

何事かとクラスメイトたちも注目し始め、背後で笑いを堪えるミシェルに首を傾げ、私の視線の先に気づくと、同じく「ぐふっ」と噴き出しかける。

「それはどうやって？」

「私の姉が……」

私が真剣な表情で一心に縦ロールを見つめるからか、自分の主張が聞き入れられていると勘違いし、さらに饒舌になる縦ロール令嬢。

「一年前のお茶会でアンドリュー王太子殿下をお見かけしたのですが、それはそれは素敵な方でした。一人乱暴な殿方がいて私にぶつかってこけてしまったのですが、華麗に登場して手を差し伸べてくださったのです。そのときに側近の……。あら、ごめんなさい。北部の方々はそういった機会はありませんものね。なにせ北部は田舎で貧乏ですから」

「はあ。田舎でいいところですけど」

彼女のように自慢が多く直接あれやこれやと言ってくるのはまだわかりやすい。絡まれているのは承知しているが、私にとってはそよ風みたいなものだ。

よく話すなぁと思いながら、バネのようなロールの維持方法が気になって仕方がない。

確か南部の伯爵令嬢であったと思うが、縦ロールが強烈すぎて発言が耳に入ってこない。

学園では大人しく過ごしているからかちょっとしたことで捕まってしまい、姉がオズワルドと結婚したことによってやっかみもあるようなので、今のところは享受していた。

これくらいは姉と推しのツーショットによる萌え補給を思うと、まったく問題ない。

もっと根深いところで、当たり前のようにこちらを軽視する発言と行動をとる人もいる。

食堂の席をあからさまに離れたところにするとか、格が違うのよとばかりに持っているものを侮蔑してくるとか。

南部の貴族の皆が皆ではないが、南部も南部で勢力争いが大変なのだろう。そんな構図をたまに見かけるので、それゆえ自分より格下の存在を作りたいが故の虚勢なのだ。いちいち気にするのもバカらしく今のところスルーしている。

あと、リヤーフに鼻につくと言っていたのは縦ロール令嬢ではなく、その後方に私はまったく関係ありませんとばかりに座っている侯爵令嬢だ。あれが本玉だと踏んでいて、人にやらせているわけではないかもしれないけれど、静観している様子のほうが鼻につく。

なので、侯爵令嬢が出張ってきたそのときにはと思っているが、相手が何もしてこないので私は縦ロールを楽しんでいた。

「ロードウェスター嬢ってば、聞いてます？」

「はい。えっと、王都のお話ですよね」

縦ロール令嬢の話をよそにあれこれ考えていると、縦ロール令嬢がもうっとロールを揺らして一歩詰め寄ってくる。

ミシェルがくいくいと服を引っ張ってくるが、相手が話しかけてくるのだから仕方がないじゃないと、にっこりと笑顔で相槌を打った。

「そうよ。王都に新しくできたお店があるでしょう？」

「たくさんありますので、どれがどれだか」

王都は広くて、どれが新しいのか古いのかは見ただけではわからないものも多い。

素直にわからないと告げると、縦ロール令嬢が愉悦に満ちた顔で声を弾ませる。

「そうよね。田舎から出てこられたからわからないわね。北区にあるワインとジャムで有名な、確か、野菜の葉っぱをモチーフとした変わった看板の」

「ああ、カブですね」

まさかの自分の店の話だった。

カブ隊長の頭部をモチーフとした看板は野菜だとわかっていても、カブだとわかってもらえていなかったみたいなので速攻指摘しておく。

「知っていらっしゃるのね」

「はい。頭をよく見ますから」

「頭？　ああ、カブのってことね。田舎ですものね」

「ええ。つやつやの青い葉がいいんです」

隊長の葉っぱを思い浮かべ、初めて対面したときのぶん投げ逃亡を思い出し、くすりと笑う。

定期報告では、元気にシュクリュと一緒に野菜たちをまとめてくれているらしく、必ず出荷の際には私のリボンもつけてくれているみたいで、離れても健気に頑張ってくれている隊長が愛おしすぎる。

「……葉、確かに葉の話をしましたが、貴女と話していたらなにか少しお話がずれる気が」

「そうですか？」

お店と看板の話をしたのはそっちなのにと首を傾げると、縦ロール令嬢がぴしりと固まって私の後ろを凝視した。

「実に楽しそうな話をしているな。失礼するよ」

低く響く男性の声に慌てて後ろを振り向くと、いつの間にか黒髪に金の瞳の美青年が背後に立っていた。装飾の多い服装なので生徒ではないように思う。

気づけばミシェルさえも少し離れたところにいて、見上げなければ顔が見えないほど近い距離にいる美青年に驚く。

私より頭ひとつ分高く、身長は王子くらいだろうか。

その背後には、トレードマークだった右前髪だけ伸ばしていた髪は切られているが、攻略対象者だったチャラ担当のラシェル。

彼が前髪を切るということは、コンプレックスが解消された証拠だろうか。推しのオズワルドに姉との出会いがあったように、彼にもいい出会いがあったからだとすれば嬉しい。

ここが学園だから、彼らが過ごしてきた場所での出会いに、ついついそんなことを考えてしまったが、問題は目の前の人物だ。

黒髪の攻略対象者はいたにはいたけれど友好国の王子で、その彼は緑の瞳だったので目の前の青年とは違う。

ただ、ラシェルと行動をともにするならそれなりの身分の人であるはずだ。私はとりあえずスカートの端を摘み頭を下げた。

「失礼いたしました」

「いや。我々は卒業生として学園を見て回っていたのだが、面白い話題が聞こえてきたのでね。ついつい口を挟んでしまった」

口端を軽く上げて発する声は美声で、攻略対象者じゃなくても美形は声もいいのだと知らしめる。凛としたよく通る声で、不思議とこの人の話には従わなければと思わせる強い響きを持っていた。

縦ロール令嬢も戸惑いながらひとまず礼はしたが、先ほどまで饒舌だった口を閉じ黙ってしまった。

明確な身分はわからないけれど、訪問を許されていること自体が相手の社会的地位を表す証明であり、クラス全体がしーんと静まり返る。

黒髪の美青年はゆっくり周囲を見回し、聞かせるように一言一言はっきりとした声で告げた。

「そこの君、先ほどから北部を軽視した発言が目立つが、北が隣国の侵攻や魔物から守って荒れた土地でも維持してくれているからこそ、南部がなんの心配もなく過ごせていると知るべきだよ。まして やここは誰もが平等に学ぶ場所だ。身分で相手を見下すのは良くないな。その身分も代々受け継いだものであって君たちの功績ではないことを念頭に置いて勉学に励んでほしい」

相変わらず静かな空間で、黒髪青年の声が響く。

正論に周囲が息を呑む。育ってきた環境や親の教育方針で身についた蔑視はそう簡単に覆せるものではない。だが、ゆったりと話しているだけなのに威厳が漂う。

縦ロール令嬢も心から納得できずとも逆らえないようだった。

「そうそう。最近では、その荒れた土地を改善して作物も豊かになってきている領もあるしね。南部のもともと恵まれた土地があるからというだけであぐらをかいている貴族は、あっという間に追い越されるかもしれないね」

続いて、ラシェルが私にウインクしてから軽い口調で言いながらも周囲を牽制するように見回す。すると、静観し、どちらかというと縦ロール令嬢の口撃を楽しんでいた南部の一部の貴族は、顔をわずかに伏せた。

ラシェルはこの国の穀物庫番の役割を担う侯爵家の息子。南部の上位貴族、しかも殿下の側近に言われては、思うことはあっても反論できないしそれだけの自負や志があるわけでもない。

普段から下に見ている者を攻撃できても、絶対的な強者を目の前にすれば何もできないのだろう。

権力のある人物が認識してくれていることはありがたい。

国内の権力格差やそれに伴うことを北部の貴族がいくら主張したところで何も変わらないが、身分が高いであろう相手が言うと説得力が違う。

極力スルーするようにはしていたが、気分は良いものではなかったので北部出身の私はこの美青年とラシェルのおかげでだいぶスカッとした。

それにしても、突然現れた黒髪の美青年は誰なのだろうか。

ぶしつけにならないように控えめに観察していると、黒髪青年はちらっと私を見て、ふっと柔らかに微笑んだ。

んんっ、とその姿に既視感を覚える。

容姿がいいからとか、発言がとかもあるが、なんだか妙に気になってまじまじと見ていると、何かなとでもいうようににこっと微笑まれて、うっと内心呻いた。

笑顔も完璧だ。黒髪は日本人を彷彿させるけど、鼻梁は通っているし瞳は金色だしでなんかそのアンバランスさが心臓に悪い。

笑みを湛えた双眸が私を見て、さらに穏やかな甘さを含ませる。

少し覗き込むかたちになったので髪が前に落ち邪魔になったのか、右耳に艶やかな黒髪をかけると青年は顔を上げた。

すっと視線を伏せ周囲へと向けたときには表情全体は柔らかに微笑んでいるが、その双眸の奥がどこまでも冷静で冷たいものを湛えていたのは私以外誰も気づかなかったようだ。

「この学び舎でさまざまなことを学び、今後の活躍に期待している。あと、カブの看板の店はここにいるロードウェスター嬢の店だ」

「えっ」

縦ロール令嬢はそこで声を上げた。その向こうで、侯爵令嬢も目を見張っている。やっぱりこちらの動向はしっかりチェックしていたようだ。

「なんだ、知らなかったのか？　先ほどラシェルの話にあった北の領地改革に成功している領も彼女の伯爵領だ。君たちが己の家紋を誇りに思うのはいいが、他領についてもしっかり学ばなければならない。その上で意見があるのならぶつかり合うのは構わないが、己のことばかりでは成長しない。これを機にさまざまなことを学ぶことだ」

どうして目の前の美青年が知っているのかは知らないが、なぜか彼は目の前の縦ロール令嬢ではなく侯爵令嬢を見ており、どこまでこの人はわかっているのかと驚いた。

アンドリューと同じように上に立つ資質がある人というのは、さまざまなことが見え判断できるようだ。

その後彼は学園の卒業生として温かい激励の言葉を続け、一度居心地の悪くなった空気を一掃して締めくくった。年長者として年下を追い詰めるつもりもなく、私としてもクラスの空気が悪くなるのは嫌だったのでそれもありがたい。

できた人だなと見つめていると、再びこちらへ視線を戻した青年が、とんとん、と自分の首元を合図するように長い指で叩いた。

「……？　なんでしょうか？」

「ネックレス、とても似合っているよ」

褒めている黒髪青年のその瞳の奥がなぜか嬉しそうに煌めいていて、私は内心首を傾げネックレスに触れた。

プラチナのチェーンや碧色のチャームは品良くそこにあり、細さと軽さも手触りも良くすっかり馴染んだのでつけるのが当たり前になっている。それと同時に思い出されるのは、これをプレゼントしてくれたアンドリューのこと。

王子の顔が脳裏に浮かぶと気持ちがほわっと浮き上がると同時にそわそわするが、心強い相手の存在に表情を緩めた。

「ありがとうございます」

「この国の王太子の瞳と同じ色だね」

「そう、ですね」

指摘されて、どきぃっと心臓が跳ね上がる。

さすがに見ず知らずの相手に話すようなことでもないのでぎこちない笑みを浮かべるが、黒髪青年はどこまでも穏やかな笑みを向けてくる。

この青年の笑顔はなんだか心臓に悪いと、内心を隠すようににこりと笑みを浮かべた。

その彼の後ろでラシェルが、「ぶっ」と噴き出したのに、青年は彼の脇腹を肘でつき何か言いかけたラシェルの腕を掴み、「またね」と引きずるように去っていった。

「はい。ありがとうございました」

頭を上げると、ばいばいと手を振られる。

それにもう一度一礼し、仲良さげに何か言い合っている後ろ姿にまた既視感を覚えながら、私は彼らの姿が見えなくなるまで見送った。

第七章　既視感の正体

春光が店内を柔らかに照らし、品物の色味をより鮮やかに見せる。

イチゴジャムの陳列の仕方が変わり、以前より商品の回転も落ちついた店内の棚を見回してリヤーフに問うた。

「月ごとにオススメ商品を変える話をしていたけど、その後はどうかしら？」

「ええ。まだイチゴジャムが人気は人気ですが、宣伝の仕方や陳列を変えほかの商品も売れるようになってきましたので、以前より偏りは減りました」

「そう。良かったわ」

リヤーフの返答にほっと息をつく。

開店二時間前、定期報告と今後の話し合いのため自身の店にやって来た。

リヤーフも伯爵領やほかの場所、そしてここを行き来しており毎回店にいるわけでもなく、会うたびにさまざまな情報を引っ提げてくるのでそちらも楽しみだ。

「はい。あと、前回の話をカブ隊長に話してみたら、ひとつ頷いてオレンジを持ってきたので次はこれでいけってことだと思います」

「さすが隊長！　こちらの事情もあるけれど、畑がうまく回るためにはやっぱり畑をよく知るものの意見は大事だものね。きっとオレンジを中心に展開すればいいってことね」

オレンジもジュースやドライフルーツ、シロップなど、そしてそれらを使った菓子類のバリエーションは豊かで、ジュースだって百パーセントのものと、これから暑くなることを考えると柑橘系は炭酸で割るものだって美味しくできるし、今思いつくものだけでもたくさんある。さすがカブ隊長だ。

「野菜の話もしましたが、それは手を上げただけでそれ以上何もアクションはありませんでした」

「じゃあ、待てってことね。隊長に何か考えがあるのかしら？」

「どうでしょう？　その辺は一度お嬢様が直接カブ隊長とやり取りするのがいいかと」

「そうね。とりあえず、野菜は今のままで果物はオレンジの商品を次に展開していくようにしましょう」

待て、とばかりに手を上げている隊長のその姿を思い浮かべ、私はくすりと笑った。

隊長は本当に頼もしい。それに引っ張られるようにほかの野菜たちも役割をそれぞれ持ちずいぶん効率良く動くようになってきた。

合間時間は楽しそうなことをしている、本当に愛しい野菜たち。伯爵領のほっこり部隊だ。

隊長の行動には意味があると思うし、周囲もそう受け止めるようになったので、隊長の意思は大事にしたい。

隊長もたまに美脚対決のように意味がわからない行動をするが、まあそれもそれだ。

「ええ。うちの商会もそのように準備し、商品開発の者もすでにオレンジの動きに合わせて動いております」

「まあ。オレンジたちも自ら動いてくれているのね」

「はい。ジュースになるものはワインと一緒で、ぎゅうーっと抱き合ったり、踏み合ったり、ぶつかり合ったりで余すことなく美味しい果汁を出してくれます。あれは不思議ですよね。ブドウと違って身は固いのに最後まで出し切ってしまえるんですから。開発の者も健気さに感激して絶対美味しくして広めると気合が入ってます」

うんうん。あの姿を見て、何も思わないってことはないだろう。

「嬉しいわ。商会の方もとても協力的でありがたいです。それに相変わらず野菜果物たちはいい子たちばかりね。こちらも頑張らなくては」

「はい、そうですね。いい商品が生まれることは間違いなしですので、王都でも良さをたくさん知ってもらいましょう」

「ええ」

野菜たちのおかげで関わっていく者が一致団結できているし、その野菜たちも行動範囲やできることの幅も広がってきている。

ただ、伯爵領を出て急に足が消えるわけではないが、やはり伯爵領内にいるときよりも足生え時間が短くなるので、野菜たちの領外での活動や辺境伯領で動く野菜を作ろうとするのは現在のところ、無理そうだ。

私がずっと辺境伯領にいるならまた変わってくるかもしれないが、何年も過ごすのは非効率である。

私はロードウェスター領の娘であり現在王都の学生なので、できる場所でできることを模索していくのみだ。

それに次回の帰省のときにアンドリューと具体的な検討をする約束もしており、明るい話を聞いたあとでは何かしら進展があるかもと、不安より期待が勝りさらに帰るのが楽しみになった。

ふふっ、と自然と笑みがこぼれた私を見て、リヤーフも穏やかな笑みを刻んだ。

「これほどの野菜のエキスパートがついているのはロードウェスター領だけです」

「そうね。隊長たちがいると心強いわ」

白いボディに青い葉。たまに主張してくる短い足を思い浮かべるだけで、いろいろ元気になる。

「まさか野菜自体と商売の話をするとは思いませんでした」

「そうよね。二年前は考えられなかったことよね。話しているとさらにみんなに会いたくなるわ」

「会うといえば、お嬢様。公爵領から伯爵領の時短ルートが確保できたとか」

さすが商売人。抜け目がない。

先ほど考えていたまさにどんぴしゃな話題に、もしかしてこの話もどこかから仕入れてきて探りを入れたかったのかもしれない。

私は小さく息をついて、相変わらず頼もしい相棒の瞳をじっと見た。

するとにかっと清々しい笑顔を返され、私は肩を竦める。

先回りされたような気分もあって複雑ではあるが、これほど心強いことはない。

本当、自分は周囲に恵まれている。

「情報が早いわね」

「商売ごとは情報が命ですからね。それでどうなんですか？」

「ええ。今まで公爵領から伯爵領まで二日かかっていたけれど、三時間ほどになると聞いているわ」

これくらいなら話しても問題ないだろう。それに行き来するようになったら、関わる身近な人には認識してもらっているほうが都合がいい。

「それって、魔法ありきのルートですよね？」

「さすがに陸路でどれだけ最短ルートを行っても、三時間は無理だからそうなるわね」

「短期間でその成果は画期的ではありますが、まだ試験的限定的ということですね」

商売人としてはそこは確認しておきたいのだろう。

時間短縮できると商売ルートや扱える商品の幅も変わってくるし、競争の激化は目に見えるので、対策を立てておきたい気持ちは非常にわかる。

「この国の王太子殿下と、そしてオズワルド様が関わっているのですもの。使用できる者は限られるらしいけど」

「やはり限定的ですか。高位魔法は使える者も限られますから仕方がありませんか。でもそうなると、さらなる時間短縮もありえそうですね。オズワルド様のシルヴィアお嬢様への愛の深さは、やば、あっと、とても突き抜け、これも違うか、溺愛のための行動力がおそろ、……ああ、すごいです」

一生懸命言葉を言い直し、どれもこれも言い切ってしまうと貴族相手に無礼かと止めるが、婉曲な言い回しではオズワルドのシルヴィア愛は語れず、リヤーフはそこで言い直すことを放棄した。

それくらい、オズワルドのシルヴィアへの溺愛は周知されている。

「ふふっ。驚くほどの溺愛ですから。オズワルド様はヴィア姉さまのため、時間の確保のためなら、その頭脳と魔法を使ってどこまでもやり遂げてしまわれそうです」

「その通りですね。本当に伯爵家はとてつもない人を味方につけたと思いますよ」

若干微妙に眉を寄せながらも、リヤーフが熱っぽく語る。

私は神妙に頷いた。

「心強いお義兄様ではあるわね。それにこのたびは辺境伯領の魔物や食料不足の件で殿下も表立って動かれているわ。お二人に時短に関してかなり力を注いでいただいているのは、私たち伯爵家、そして北部の者として非常にありがたい話です」

「それですよ。王太子殿下まで出てくるとかすごい話ですよね」

しみじみと言うが、そんな相手に堂々と商売の話をし立ち上げたイベントでしっかり利益も出していたリヤーフも大概だと思う。

まあ今更なので密やかに笑いながら、静かに再び頷いた。

「ええ。規模が信じられないほど大きくなってきている気がするけど、あまり深く考えないようにしているのよ。時間が短縮されれば野菜たちの状態も確認しに行きやすいし、何かあればすぐに駆けつけられるから良しとしなきゃ」

「フロンティアお嬢様らしい考え方です」

今回の時短ルートは魔力を登録した者のみ使用できる。己の魔力を使うらしく、ある程度の魔力がないと使えないようだ。

だが、魔力のない者にとってここまで劇的ではないけれど、道の整備など急ピッチで企画を進めていると言っていたから、それが実現すれば商売する者も含め、今後はさまざまな可能性が生まれる。

きっとリヤーフはその辺の話も掴んでいそうだが、そちらの話題は出さなかった。だが、このやり取りだけで得るものはあったのか、小さく何度も頷く。

アンドリューが国の事業として北の食料問題に憂慮し、実際に言葉通りに動いてくれ、辺境伯領の魔物の件でも迅速な対応をしたため、北部の貴族の王太子の評価はうなぎ登りだ。

その反面、それが面白くない者も出てきて、一部の南部の貴族は足を引っ張る動きをしているらしい。

同じ国なのに一枚岩とはいかないのは歯がゆいだろう。政治的なことは詳しくわからないが、ぜひとも頼もしい側近たちとともにやり込めて、この国の未来のために北部の治安や領土改革に力を入れてほしい。

北の発展はいずれ国の力となるのだし、国力が上がれば南としてもいいこともあると思うのだけど、そう考えられない人たちもいるのだろう。

「おかげで諦めていたことがいろいろできるので、父もお嬢様には感謝しています」

リヤーフがそこで真面目な顔をして、深々と頭を下げた。

私が貴族の中で南北の差を痛感しているように、シュタイン商会も商売するにあたって思うこともあったのだろう。

「私じゃないわよ」

改められるとむずがゆい。私は困って眉尻を下げた。

「ですが、このたびのことはお嬢様の能力がなければ、ここまで進められなかった事業だと見受けられます。なので、我らシュタイン商会はお嬢様に足を向けて眠れませんよ」

「大げさね。でも、いい方向に向かっているなら嬉しいわ。それに私の魔力についてだけど、今度殿下と一緒に帰省して、伯爵領の現状とともにしっかり見ていただくことになっているの」

「殿下と一緒にですか？」

気にしてほしいところはそこではないのだけど……、何かしら魔法について進展があるといい。

「ええ。そのときにそのルートも使用する予定だから教えていただいたの」

「へぇー。ほぉー」

リヤーフがにやにや、ものすごくにやにやと笑みを浮かべてこちらを見てきたので、私は眉を跳ね上げた。

「何よ？」

「いえいえ。殿下とずいぶん仲がよろしいことで」

王子とやり取りすることもあるリヤーフは、私がアンドリューに気に入られていることを知っている。

今更だとはわかっていても、からかうような声にいたたまれず慌てて弁明する。

「そういうのじゃないわよ。少なくとも今回は私の魔力検証を現地ですることも兼ねているから。あと、ヴィア姉さまとオズワルド様もいるからね」

「へぇぇー。ほぉぉー」

楽しげに目を細めて愉快そうに笑うリヤーフをじろりと睨んだ。

「もう、なによっ」

「いえいえ。しっかり見てもらってください。王家の瞳は素晴らしいと聞いていますから、そんな相手に見てもらえるのはすごいことです。それに、お嬢様の魔力がどれほどのものか明確にわかればわかるほど、今後の見通しも付きますし」

「野菜たちのためにもしっかり見ていただくつもりよ」

――……に、逃げずに。と、心の中で付け加える。

非常に攻め宣言が不安だ。だけど、ここまでざっくりやってきたが、そろそろ本格的に魔力のこと、そしてそうなるとアンドリューのこともしっかりと考えていかないといけない。

いつまでも逃げてばかりではいけない。

そう、それはわかっているのだ。

魔力について考えると楽しみで頼もしく、今一番異性として意識している相手ではあるが、攻める宣言をされている手前、すごく複雑だ。

相手が王族でなかったら、乙女ゲームの知識がなかったらと思わないでもないけれど、アンドリューから逃げたいと思わない時点で、なんとなく気持ちは固まっている気もしている。

ふぅっと小さく息を吐くと、そこでカラン、カラン、とお店のドアベルが鳴った。

「失礼。まだ開店時間ではなかったかな？」

「いえ。どうぞ」

すぐさまリヤーフが商売人の顔を貼り付け、相手を中に入れる。

その相手を見て私は声を上げた。

「あっ」

「久しぶりだね。会えるかなと少し期待して来たのだけど、会えて良かったよ」

学園で会った黒髪美青年が、ふんわりと口元を綻ばせてそこに立っていた。


「フロンティア嬢はどれがいい？」

「えっと、ストロベリーポッラで」

「それをひとつ」

定番のストロベリーとバニラとラズベリーに刻んだチョコが混ざったものをお願いすると、黒髪青年が店員に頼んで受け取り、店の横に設置されている椅子に二人して座ることになった。

その際も、ここまで来るとき同様にエスコートするように手を繋がれ、私の座る場所にはハンカチを敷かれる。

レディ扱いが過ぎて、これが王都流なのかこの人が特別なのかわからないが、とにかく北部の田舎で育った私としては、同世代の相手としゃれた場所に出かけたことがないので落ちつかない。

戸惑いながらゆっくりと腰を落とすと、相手も同じように横に座った。

「どうぞ」

「ありがとうございます」

にこっと笑顔で渡される。

逆らうつもりはそもそもないけれど、追随したくなる気持ちが強くなるというか、笑顔が眩しい。

現在、学園で出会った黒髪青年と二人きりでデートのようなことをしている。

どうしてこうなったかというと、来店した青年の見た目の服装から上客とみなしたリヤーフによって、相手の要望を聞いた上で嬉々として商品を売りつけ、その量をどうするのというくらいの数の注文を取り付けたあと、二人でこうして散策する流れとなった。

やけに乗り気な青年の爽やかな強引さと、ありえないほど笑いを漏らすリヤーフによってあれよあれよという間に店を出た。

黒髪青年は忙しい合間を抜けてきたため時間はあまりないらしく、だが二人で王都散策を少しでもしたいということだったので、行きたいところと聞かれて思いついた場所がここだったのだ。

そういうことで、ヒロインと攻略対象者が必ずデートで食べるピンク色のポップな看板のアイスクリーム屋さんに来ており、ゲームで美味しそうに食べていたアイスクリームが目の前にあった。

本来ならば、ひゃっほぉーとテンションマックスで堪能するところなのだけど、そうはいかない現状。

「食べないのですか？」

「朝食が遅くてお腹が空いてないからね。気にしないで食べて」

にこっと穏やかな笑みを浮かべる青年。

名前は知らないまま、尋ねてもいいのかもわからないまま、言われるままにスプーンでアイスをすくって口をつけた。

バニラとチョコの甘さと果物の甘酸っぱさのバランスが良く、懐かしさも感じて自然と頬が緩む。

「おいしい」

「それは良かった。特に学生の間でとても人気だからね」

まだ早い時間なので人はあまりいないが、昼以降は友人同士やカップルでこの辺りはいっぱいになる。乙女ゲームの場面でそれぞれの攻略者と必ずやってくるのも頷ける。デートスポットとなるはずだ。

ちろっと青年を見ると、遠慮なく食べてと言われたので、アイスだし溶けてしまっても奢ってもらった手前、それも失礼になるかとぱくりと口に入れた。

すぅっと口の中で溶けながら甘みが広がり、前世の有名チェーン店のアイスを思い出す。この世界を作った人はそこのアイスが好きだったに違いない。

「…………」

そんなことを考えている間も、やたらと視線を感じて落ちつかない。

そおっとまた青年を見ると、やっぱり笑顔が返ってくる。

黒髪に金の瞳ってすっごく違和感がある。ほかにも前世ではありえない髪や瞳の色の人もたくさんいるのに、黒髪となると黒目に慣れすぎていたからだろうか。美貌だけではなく、妙に目を引く人だ。

「私のことは気にしないで」

私の戸惑いに気づいた青年はさらに笑みを深めてそう言ったが、そんなに見られていたら気にしないわけにもいかない。

「その、見られていると食べにくいというか」

「ごめんね。それも込みで気にしないで食べて」

えっ？　聞き間違い？

それは改める気がないと言っているのと一緒では？　普通はそこで見るのやめると思うんですけど。

見ることをやめないんですか？　なんで？

疑問が止まらず瞬きを繰り返すと、笑顔で返される。

笑顔押しというやつだ。やり口がまるでどこかの俺様王子と同じだ。

アンドリューのことを思うと、この状況に少し罪悪感も覚える。

あの状況では断れなかったけど、王子に王都案内すると言われていたことはずっと気になっていた。しかも、忙しくて延期が重なっていたため、王子が約束を気にしていないわけじゃないとやり取りで知っているので余計である。

ううーん。ちょっとよくわからないけれど、見るのをやめないと言われたのなら、こっちが速めに食べるしかない。

幸い、小さめのカップを選択したので食べるのにもそんな時間がかからない。視線を気にしながら、えいっ、えいっと口の中に入れ込む。

慌てて食べたため、途中鼻がツーンとはしたが美味しかった。なんとかミッションクリアし、私はカップを横に置いて改めて青年を見た。

年は上だけどそこまで離れてはいないだろう。それでも放つ雰囲気が年齢不詳だ。

攻略対象者にもいなかった美形なので、目の前の青年が不思議でならない。知らない人だけど、どうしても無関係な人と割り切ってしまうには気になるというか。

やっぱり黒髪だからだろうか。それとも、チャラ担当のラシェルといたためか。学園で絶妙な援護をしてもらったからか。

んんーっと口を引き結び考えてみるが、よくわからなかった。

「あの、以前はクラスでの助言をありがとうございます」

共通の話題といえばそれくらいしかなく、あまりにもじっと見られるから私から切り出した。

とにかく、じっと見つめられ微笑まれると気持ちが落ちつかなくて、彼の視線から逃れたかった。

青年は優しげに目を細め足を組むと、私のほうへ身体を向ける。

何かを考えるようにそのまま人差し指を唇に当てて私を見つめていたが、ふ、と息をつくと口を開いた。

「いや。フロンティア嬢は歯牙にもかけてなかったから、私があの場に出なくてもとは思ったけどね。あのあとはどうかな？」

「ええ。少しずつですが態度も軟化して、クラスの雰囲気も良くなってきました」

「それは良かった」

「はい！」

青年の言葉に笑顔で返事をしたけれど、それ以外のいろいろを思い出し微妙に眉尻を下げた。

縦ロール令嬢改め、ローレル嬢は髪型同様、はっきりとした性格のようで次の日には自分の非を認めた。その上、言われたことを実行とばかりにロードウェスター領の情報を仕入れ、歩く野菜たちの噂を知り、「きゃー。歩くお野菜ちゃんたち〜なんて可愛いのかしら。見てみたいですわ」とことあるごとに言っている。

蓋を開けたらただただ行動力のある素直な令嬢で、自分の非を認めて謝れる相手の謝罪を受け入れた。

だが、それからがまた大変というか、野菜情報のおかげでやたらと尊敬の眼差しを向けられ、どこから仕入れたのか王子との関わりも知っているようでなぜか応援されている。

王族に関わることだからか内緒話みたいにこそっと言われる程度だが、応援されてもとは思う。自分だけの問題でもなく、攻め宣言されている現在は下手なことは言えず曖昧に濁している。

侯爵令嬢とその取り巻きたちはずっと静観モードで、少し不気味だがこのまま関わらないなら関わらないでいいかなという程度だ。

確実に友人と呼べる人も増えたし、学園もさらに楽しくなった。

それもこれも、目の前の青年のおかげである。

——本当にどこの誰だろう？

そういえば、注文を受けていたリヤーフは名前など確認していなかった。仮にも足向けできないと言っていたその口で、誰かわからない男性に自分を預けないだろうし、アンドリューとのことを知っているから、なおさら不思議な行動だ。

少なくとも、リヤーフは目の前の青年の正体を知りかつ信頼している。でないとあれだけの注文を担保もなしに受けると思えない。

そのことに気づいて目の前の青年をじっと眺めた。

にこっと微笑み、覗き込んでくる美形。触れるか触れないかの距離感に、足がくっつきそうでくっつかない距離感。ここから見える顔の角度や先ほどの考えるように指を置く姿、そして笑顔に既視感を覚えて仕方がない。

もう少しで答えが出そうだというところで、くいっと青年に親指で口端を拭われた。

「……えっ？」

思わず目を見開き固まる。

青年はくすりと小さな笑い声をこぼした。

「ついてたよ」

「…………すみません。ありがとうございます」

恥ずかしくて耳まで熱くなり、拭われた口端を今すぐ押さえたい衝動に駆られながらお礼を述べる。もう少しで出てきそうだと思ったものが引っ込んでいってしまった。

「いや」

そう返事をした美青年はその親指をじぃっと見つめ、しばらくしてからふぅっと息を吐くと、アイスクリームと一緒に添えられていた紙ナプキンで拭き取った。

いったい何の間だったのかも気になるが、なんとなく一連の流れにも既視感を覚える。

私は美青年を再びじぃぃぃっと見つめた。

――なんで、こんなに気になるのだろう。

彼といると、アンドリューのことがちらちらするし、いろいろ気になるし落ちつかない。

王都の知り合いなんて限られているし、こんな美青年だったら見かけただけでも忘れられない。

だから学園以外で出会ったこともないと思うし、前世の乙女ゲームの記憶の中にもいない。

「どうした？」

ん？　と美青年が首を傾げると黒い髪がはらりと落ち、既視感が薄れてあとでリヤーフに聞きだそうと今は考えることを放棄する。

「今日は前回のことを気にしていただいてお誘いを？」

「ああ。それもある」

「も？」

不思議に思って首を傾げると、青年はぐいっと顔を近づけてきた。

話せば吐息がかかるくらいの距離に、私は息を止め顎を引いた。

以前にもこんなことがあったような……、と考えるが、青年が話すので思考が続かない。

「……………も、だよ。さて、そろそろ行かなければ」

しばらく何か考えるように私を見ながら沈黙していたが、ふっ、と笑うとなぜかおでこを人差し指で押さえてきた。少し距離が離れたが、それでもまだ近い。

「な、何でしょうか？」

「次に会うときは覚えておくように」

「次？」

「ああ。今日は本当に時間があまりない。本当ならもっといろんな場所に連れていってあげたいのだけど、また今度かな。次に会うときは私のオススメの場所を案内しよう。約束していたしな」

そう締めくくり、店まで私を送り届けると、黒髪の青年は私の髪を一房取りくるりと指に巻き付け、誓うように唇を落とす。

「約束……、約束？」

唇が離され指に絡まっていた髪がふわりと舞うのを見ながら、何を言われ何をされたのか理解が追いつかず言葉を繰り返した。

「ふっ。またな」

もう取り繕わなくてもいいだろうとばかりに丁寧な言葉遣いをやめた青年は、ぽんぽんと私の頭を撫でると、手を上げて去っていった。

凜とした既視感のある姿に、最後は聞き慣れた低く響く声。

「えっ……？」

黒髪ばかりにとらわれて気づくのが遅れたが、一度そうだと思うとそれ以外の答えがない。

「やられたっ！」

私は店の奥の事務所へと足を向けると、そこで売上を計算していたリヤーフの目の前にどかりと座った。

リヤーフの手元に置かれたずらりと並んだ数字の紙の上に手を置いて、とんとんと指を動かす。

「リヤーフ」

「おかえりなさい。ずいぶん慌ててどうしたんですか？」

計算の邪魔をして申し訳ないとは思わない。先にそっちが面白がったんだからと睨みつける。

「騙したわね」

「ああ、わかったんですね。ちなみにいつ気づかれたんですか？」

「さっきよ。やっぱりわかってて送り出したの？」

にょにょ笑いながらじっと自分を観察するリヤーフの視線に、私はむぅっと頬を膨らませた。

いろいろなことを見透かされているというか、見守られているというか、その上で反応を面白がられているのがわかり、子供っぽいと思っていてもつい不満が出てしまう。

「当たり前です。どこの誰なのかわからない男性にお嬢様を預けるわけにはいきませんし、殿下からはくれぐれも、と言われてますし」

「はぁ～。やっぱりそうなんだ。黒髪ってまったくイメージ変わるから、既視感はあったけど声とか話し方も違ったし、わからなかった。リヤーフはすぐに気づいた？」

「最初は気づきませんでしたよ。殿下が気づかせる視線を送ってきたんです。高位魔法を使用できる者の中には変装魔法を使える者がいると知っているからわかりましたし、最後の支払いできちんと証明書を見せてもらいましたから」

学園ではいろいろ思惑があったのかもしれないが、ここに来たときに種明かししてくれても良かったのに。最後はわかりやすいヒントを出してくれたけど、どうして隠して出かけようとしたのだろうか。

「殿下にとっては遊び、なのかな？」

アンドリューの知らないところで知らない男性と一緒に行動する後ろめたさだとか、それでいてところどころ気になりもして、すごく疲れた。

不満をぽそりと口に出したら、リヤーフに窘められる。

「それこそ怒られますすよ。擁護するつもりではないのですが、殿下としては少しでも一緒にお嬢様と過ごしたかったんだと思いますよ。高貴なる身分の方は自由なようでいろいろ制約もあるでしょうから、出かけるとなると警護などいろいろ大変そうですし。ちょっとその辺を散策するなんて気軽にできない立場ですよね」

「……まあ、そうね」

「殿下の本当の考えまではわかりませんが、変装はそういったことを何も気にせず過ごしたかったとか、お嬢様がいつ気づくのかとかも含めて楽しんでいらっしゃったのでは？　ネックレスに自分の瞳の色の石を贈るほどアピールされてますし、俺からすれば伯爵領のことも含め、ずいぶん本気で口説かれていると思いますので、そこを疑っては同じ男として殿下が気の毒かと」

リヤーフと話していると先ほどの衝動は収まってきた。その意見も含めて自分がいかに気にかけられているかは本当はわかっている。

学園のことも視察だけではなく私を気にしてくれていたのだろうし、今日のことも王都散策を一緒にする約束を覚えていてくれた上で、少しでもとアンドリューなりの気遣いやアピールなのだろう。

いや、でも変装を先に教えてくれてもいいのではという気持ちは今でもあるが、忙しい間を縫って少しでも時間を割いて会いに来てくれたのも事実だ。騙されたことに目をつぶれば嬉しさが勝ってくる。

「回りくどいというか、うーん。今度直接殿下と話してみるわ」

「それがいいと思います」

いつ気づくか楽しむというリヤーフの推測も外れていないだろうが、ならなぜあのタイミングでばらすようなことを言ったのか。

あそこで『約束』のことを言われなければ、悔しいがもう少し気づくのに時間がかかったと思う。

楽しいことが好きなアンドリューなら、次に会うときにばらして私の反応を盛大に楽しむなんてことが普通に想像がついてしまう。

ネックレスを触りながら考える。出会ってから、そして王都に来てから、アンドリューを意識しない日はない。知れば知るほど、存在が大きくなっている。

今日みたいに、アンドリューが自分に向けるものを感じると、どうしようもなく胸がいっぱいになっていく。

先ほどまで会っていた相手がアンドリューだと知り、騙された腹立ちもある。

けれど、とくりと騒いだ鼓動の高鳴りや既視感の正体の相手がアンドリューだったからだとわかった安堵と、からかわれていたとしても自分に向けられる好意に対する喜びが胸を占める。

指でネックレスの形を確認しながら、そこに嵌められたアンドリューと同じ瞳の色の宝石の存在に、思ったよりも自分がアンドリューに気持ちが傾いていると意識した。

エピローグ　王子と伯爵領へ

私は緊張でピンッと背筋を伸ばし、座っていた。

ハートネット公爵領から現在オズワルド名義となった土地へと転移し、そこから馬車で二人きり。

本当なら姉とオズワルドもいる予定だったのだが、諸事情で遅れるようだ。

前々から決まっていたのに諸事情って何？　姉さま大丈夫だろうか。

自分の気持ちが思った以上にアンドリューに向かっていることに気づいたら、なおさらその存在を意識しすぎて普通ではいられない。

公爵領での出会いから、その後はとても頼りになる姿を見てきて、そして王都での再会に攻め宣言。それから何かと存在感を主張してくる相手を意識するなというほうが無理だ。

そこにいるだけでプラチナの髪同様神々しい存在感を放つ美形王子に視線をそろそろっと向けて、にっこり笑顔の眩しさにううっと目を逸らしかけたが、これではいけない、負けないぞと笑みを浮かべて口を開いた。

「殿下、なぜ変装をばらしたのですか？」

「ん。変装していた理由を聞くのではなくてそっち？」

「はい。殿下でしたら、変装したままのほうが行動しやすかったとかそんなところだろうと。あと、私の反応を見てみたかったのかと。でもそうすると、やっぱり変装をばらすタイミングがしっくりこなくて」

ふーんと楽しげにアンドリューは口の端を上げ、人差し指を唇に当てる。

たまに見かける動作で、こう見ると黒髪青年は殿下そのものだ。

「ティアが俺をわかってきてくれて嬉しいな。あれから通信で話すこともあったのにどうして今？」

じっと見つめてくる双眸は、こちらの感情をしっかり掴もうとばかりにまっすぐだ。

私も逃げずに見つめ返した。

すると、アンドリューはくすりと微笑み、唇に当てていた指で私の頬を撫でてくる。

「殿下の反応を含めて、直接お話を聞くべきかと思いました」

言葉を重ねるごとに機嫌が良さそうに笑みを深め、するすると楽しげに頬を撫でられる。

なんとか表情は取り繕ってはいるが、この事態に非常に焦っていて、緊張するとともに盛大に警戒していた。

ロイヤル御用達の馬車はとても静かで、外の音も揺れも遮断され、二人だけということが甘く重くのしかかってくる。

じぃぃっと私を見ていたアンドリューの、艶やかな色気を乗せた美声が響く。

「ティア、こっちにおいで」

「……ここでいいで……」

「ティア」

言い終わる前に名を呼ばれ、にっこりとすごみのある笑顔を向けられる。

アンドリューは聞き入れませんとばかりに、んっ、と両手を広げてくる。

うむむぅっと口を引き結んでいると、楽しみでならないとばかりに実に美麗な笑みを深めた。

「警戒する姿も可愛いな。ティアの推測通り、気づくまで楽しむのも一興かと思ったが、実際あの姿でデートすると、俺だと思っていない男と楽しんでいる姿を見るのも複雑だったし、あの姿で口説くのもティアが俺を俺として見ていないのは面白くなくてやめた」

「どちらも殿下なのにですか？」

澄み渡った青の瞳で捉えられ、ぞくぞくっと背筋に緊張が走る。

「ああ。俺が全力なら、ティアも全力で俺を見ているときでないと楽しくない。口説くなら、楽しむなら、ティアも俺を認識していてこそだ。俺だけど俺ではない男に気持ちが向くのは許せない。だから、早々にばらした。俺は欲しいと思ったものを確実にとらえたい。わずかでも逃す気はない」

「ああー……」

ものすごくアンドリューっぽくて納得してしまった。

乙女ゲーム情報では、愛する相手に心も体も全力でとろっとろのどろどろにする有言実行タイプである。そこは宣言されてからの今までを思うと変わらない。

手抜きなんてしない、やるなら全力。

「だから、ティア。諦めてこっちにおいで」

ううう っ。知っておりますぅぅ。逃げたところとて、でしょ？

わかっていても抗いたくなるのは人間の性。

ぴくっと反応したきり動かない私に、アンドリューはにっこりと笑みを深めた。

だが、その瞳の奥は言葉通り逃さないと告げていて、俺様腹黒さをチラ見せされ、物理的に逃げることもできずぎゅっと手を握りしめた。

「大丈夫。ちょっとだけだから」

「……ちょっと」

ちょっとってどういうこと？　ちょっとって何が？

その気持ちの表れとしてリピートしてしまったが、王子の返答を聞いてすぐさま後悔した。

「そう。ちょっと。ティアの気持ちが俺に向くまで少しずついくから」

羞恥が過ぎるんですけど。わぁぁぁぁ〜！！！！　っと叫びたい。

だって、攻め具合が上がってきたら、気持ちを推し量られてその分イケる、つまり私の気持ちは王子に向いていると判断されているわけで、それは羞恥以外の何になるのか。

大事に甘やかすのに、俺様全開で逃げ道ないとか。

少しずつといえども結局最後は必ず捕まるわけで、それを考えると、わぁぁぁ〜、きゃぁぁぁぁと脳内が騒ぐ。

「とりあえず、ほらっ。王都にいても忙しくて会えなかった分を補給したい。来ないならティアのお望み通りのことをしてあげようか？」

にぃっこりと笑顔で促され、何も望んでないけれど勝手にハードル上げられては困る。

おずおずと立ち上がると、アンドリューが座る前の席へと向かった。

ふふっ、と笑いを漏らし待ち構えるアンドリューのところにたどり着くと、すぐさま手を掴まれくるりと身体の方向を変えられ、王子の足の間にぽすっと座らされる。

「あっ」

「ティア。緊張しないで」

両腕を前に回してすっぽりと背後から包み込まれた。背中を軽く寄りかからせるように引き寄せられ、アンドリューの顎が肩に乗る。

その体勢のまま話し出し、王子の吐息が首元、そして耳元をかすめる。

「俺のこと、嫌いじゃないよな？」

低く弱々しい声。

ずるい。強引なくせに心配そうな声音で問われれば、逃げたいけれど羞恥からくる気持ちなのでぐぅっと我慢するしかなくなる。

「ティア？」

「はい」

「なら好き？」

「……わかりません」

「素直だな。そこは好きって言っておくところだろう。仮にも王族なんだけどな」

そう言いながらも口調はとても軽やかで嬉しそうで、ますます困ってしまう。

「その」

「そういうところが俺は好きだ」

直球きたーっ！

王子ぃぃ、宣言通りぐいぐいくる。

前世の知識から予想はしていたけれど、実際されるとなるとドキドキが止まらない。

「意識はしてるよな？」

あぁぁぁぁ、断言ですか。

もう本当、言葉攻めとか困る。いや、これは言葉攻めというにはまだまだなのだろうけど、恋愛初心者の私からしたらもうあっぷあっぷだ。

意識してますよ。こうして口説かれることが嬉しいと思うほど、異性として見ているのはアンドリューだけだ。それを言えって？

滴るような色気とともに告げられた言葉にくらくらと眩暈がした。

お腹に回っていた腕にわずかに力を込められて、拘束力が強くなる。

「ほら。言わないんだ？　それともまったく？　なら、俺はもっとティアに意識してもらえるよう頑張らないとな」

む、む〜り〜。頑張らなくて大丈夫です。これ以上ないほど意識してますって！

アンドリューの本気とか、これ以上とか絶対対処できない。

「してます。してますからっ」

ん？

「……あっ」

思わず、すごい勢いで意識していると暴露してしまった。

今も熱い頬だとか、きっと態度からわかっているのだろうけど、勢い込んで伝えるようなことではない。

かぁぁぁっとさらに顔が熱くなる。やってしまった、どうすればとあわあわしていたら、アンドリューが寄りかかってきた。

「そう。よかった」

ほっと息を吐き出すと、アンドリューはそのまま私の手を握り指を絡めてきた。ぐりぐりっと嬉しさをアピールするかのように、肩に額を押し付けてくる。

「………」

ほんと、ずるい。強引に進めているようで、私の言葉に安心したように息を吐くとか。

必死に求めてくれるからこその攻めなのだと思うと、困るのに、とってもとおーっても困るのに嬉しいと気持ちが弾んでしまう。

そういったところがちょっと可愛いらしいって、自分だけのものにしておきたいって思ってしまう。

絡められた綺麗な指が甘えるかのようにすりすりと動かされ、私はそっと握り返した。

好きだとは思うけれど、恋愛とかまだわからない。わからないけれど、王子から向けられる好意や包まれる今の温もりを離したいとは思えなかった。ほかには渡したくない。

――――王子、ずるいです。

身分だとか前世の情報だとかいろいろ思うことはあるのに、知れば知るほどフロンティアとして接したアンドリューはひとりの青年として好ましい。

自分に向けられるときはとても困るが、大抵が俺様も腹黒さえも頼もしく見え、なんだかんだ言って惹かれているのだと認めるしかない。

なんとなく王子の手を握り返してしまったが、その後はどうにもできずにいると、アンドリューがふぅっと首筋に息を吹きかけてきた。

ぴくっと反応する私をぎゅうっと抱きしめ、耳朶に唇の感触を感じたまますささやかれる。

「ティア。少しずついこうか」

本当、待って。いこうかって、いくこと決めてます？

ぞわぞわっとする耳に肩を縮こませていると、ひょいっと脇に手を差しこまれ体勢を変えられる。そのまま、今度はアンドリューの足をまたぐように座らされた。

腰に手を回したアンドリューが、にっこりと笑みを浮かべると額を付き合わせてきた。

「……っ、で、殿下」

「ティア。俺に慣れていこうな」

蒼海の瞳がすぐ目の前にあって、話すたびに吐息がかかる。

あまりのことに瞬きを忘れ固まる私に、アンドリューがちゅっと鼻頭にキスを落としてきた。

えっ、と半開きになった唇を、腰に回していた右手の親指でキュッと持ち上げられ、左手は腰に回ったまま、身体をそらす形でアンドリューに密着し口元が近づく。

「ひぇっ」

「ふっ。その声、色気はないけど可愛すぎだろっ」

甘くささやき近づいてきたアンドリューによって唇は優しく塞がれ、驚く間もなく舌が入ってきて、様子を見るようにするりと中を混ぜられた。

ひゃぁぁ〜っ、と声にならない声が脳内を駆け巡る。

さすが元攻略対象者。自然な動作で行動が早い。

「……んんっ」

ちゅっ、と可愛い音をさせてアンドリューの唇が離れていく際に甘い声が漏れ、口を押さえた。

羞恥で目元が濡れる。

初めてのキスが優しくてエロくて、そして嫌じゃなかったことも恥ずかしすぎる。

「ティア。もう一度」

甘い空気を醸し出し押さえている手の上に唇を押し当てられながら話す美貌の主は、なかなか手を退けない私に焦れたのか、にぃっこりと目元に笑みを刻んだ。

顔を真っ赤にさせて首を振ることしかできない。

私の指をアンドリューはそのままちろりと舐め上げる。

「ティア。この手を退けて」

「んんー」

いやいやとまた首を振ると、顎に固定されていた手が頭に回り優しく撫でられる。

「慣れないと困るのはティアだけど」

仕方ないね、とばかりにしばらく髪を撫でていたが、アンドリューの顔が寄せられ近づくと、額、眉間、目尻、頬、耳朶、とちゅっちゅっと優しく口づけられていく。

「ほら。ここにたどり着くまえにこの手を退けないと」

耳朶に触れながら話していたが、ちゅ、と音をさせたあと、今度はお仕置きとばかりにかりっと軽く甘噛みされる。

手にまたキスを落とされ、柔らかく目を細めた碧色の瞳に覗き込まれる。

揺ら揺らとした熱とともに期待を滲ませる瞳が、甘く私を捉えて離さない。

「ふっ。どうなるかな？」

楽しげに笑われ、徐々に近づいてくる口づけ。

じっと目線を合わせながら親指の先にキスをされ食まれ、かじかじと味を確かめるように口の中に入れられる。

んべっ、と舌を絡めた指を見せつけるように告げるアンドリューの声は口の中同様、熱っぽい。

「ティア。このままでもいいならもう俺の好きにするけど？」

「……っ」

「腰が立たなくなるくらい味わいたいって思ってるけど、いい？」

「……んんんっ、はぁ、それは嫌です」

アンドリューの好きにって怖すぎる。

ハードルが高すぎると、おずおずと手を退けた。

すると、笑みを深めたアンドリューが優しく私の頭を撫で、ちゅっと頭上にキスを落とす。

「いい子だ」

柔らかな口調。なのに、肌を粟立たせるような艶やかな色気を含んだ美声とともに、唇が重ねられた。唇の形を確認するように何度か角度を変え、最初の位置に戻ると深く口づけされる。

ゆっくりゆっくりと私の反応を確かめながら、どこまでも優しく丁寧に侵食されていく。

徐々に深まる口づけに、口の中が二人の舌でいっぱいになる。

飲みきれない唾液をじゅっと吸われ、舌を絡められた。

「っふぁっ、……んっ」

「鼻で息ができて、ティアは優秀だな。ほら、もっと口を開けてごらん。ティアの気持ちの良いところ探してあげよう」

「ふっ、んんっ……やっ」

「ゆっくり俺に慣れて」

その言葉とともにさらに深まる口づけ。

くちゅくちゅとどちらの唾液かわからない音が響き、頭の中がぼーっとする。

深く深く唇を貪られ、苦しい息が鼻から抜けた。

「ふ、……」

自分のものと違うものが熱く這い回り、ぞわ、と腰に響くような甘い刺激に声が漏れる。

「ティア。上手」

キスの合間に褒められ、なんだか嬉しくなった。

低く色香に溢れたアンドリューの声は、私の思考を麻痺させていく。

とろとろととろけさせるように、気持ちのいいことだけこの熱に慣れろとばかりに、反応を見ながら深く優しくを繰り返されていく。

ときおり、腰や頭に優しく撫でられる手に甘い気持ちがこみ上げ、もっとその手に撫でられていたいと思った。

身体の力はすっかり抜けて、すべてをアンドリューに預けている状態はまるで甘えているようだ。

「ああー、ほんと可愛いな」

心の底から出たとばかりの言葉とともに、唾液で濡れた唇を舐めあげると、ぎゅうっとまた優しく抱きしめられる。

抵抗する体力も思考も残らず、そのまま鍛えられた身体に身を預けていると、それさえも可愛くてたまらないとばかりに頭上にキスの嵐。

王子がすっごく甘い。こんな甘さはゲーム上でも見たことなくて、それを自分に向けられていると思うと心が高揚する。

ふわふわっと気持ちも高まって、なんだかどうしようもなくそわそわして、アンドリューの胸板に顔を擦り付けた。

するとアンドリューがなぜか怒ったように低くささやく。

「ティア。そんな可愛いことして襲ってほしいのか」

人がせっかくとぼそぼそと言っているが、ふわふわした気持ちの私には届かない。

ほわんと頬を上気させた私の両頬を挟むと、アンドリューは凄絶な色気を隠しもせず笑みを刻んだ。

「本気で逃さないからな」

そう言うと奪うように口づけ、構える間もなくすぐに深められる。

長い舌に口内を隅々までなぞられ、頭の中までかき混ぜられているみたいだ。

「ふっ……ン、ん…っ」

唇の隙間から漏れる声は言葉にならず、二人の吐息と熱とともに馬車の空気が甘く染まった。

激しく長いキスのあと、道中会話も挟んでいたのだが、ずっとアンドリューの腕の中から逃れられずに馬車の中では王子の膝の上で過ごしていた。

補給とばかりにぴったりくっつき、青く澄んだ瞳はずっと熱を孕んだまま私を見つめてくる。

会えなかった分と言っていたが、あまりの密度に酸欠になりそうだ。

「でん、か」

「もう一度」

私が口を開くと、むぅっと眉根を寄せた王子がはぁっと熱い吐息とともにまた迫ってくる。少しでも隙間を埋めたいとばかりに、身体も唇も手も、そして舌も、私を味わおうとせんばかりだ。

これほど熱烈なアプローチをされて、拒める女性はいるのだろうか。顔良し、身分は最高級で、好きだと求められ、心身ともにアンドリューに傾いていく。

「んんっ」

向けられる想いに、じわじわと喜びが占めてキスへの抵抗がなくなっていく。

「ティア。かわいい」

息が苦しくなるとなだめるような口づけに変わり、熱い吐息とともに口説くセリフが吐かれ、ぽんぽんっと触れる手も甘やかし労わるようなものへと変わる。

王子が甘い。攻めの手を緩めないアンドリューにヤラレっぱなしだ。

時間の感覚がなくてわからない。どれくらい経ったのだろうか?

領地に着いたらまずはという真面目な話もしながらであったが、ことあるごとにご機嫌なアンドリューにキスをされていた。

ずっと優しく背中や腰や頭を撫でられて、たまに何か怒ったような困ったような顔でスイッチが入ったように濃厚な口づけを受けてと、ほぼアンドリューの唇か手が触れている状態。

「ティア。俺の熱を忘れるな」

「……っ」

「まあ、忘れる間もないくらいとろとろにするけどな」

そう言って首筋を撫でるように滑らせ、覆い被さってきたアンドリューにまた深く奪われた。

喉の奥を探るような動きをしたかと思えば、くちゅくちゅと音を立てて緩やかに手前のほうを撫でられる。

「……ふぅんっ……」

まともに話せず、鼻にかかった声が出る。

自分の口から出ているのだと思うと、それも羞恥でどうにかなりそうだ。

あとで思い出したとき、うわぁぁーっとごろごろする自信がある。

「ティア、ほら、絡めて」

できるでしょ、とばかりにキスの最中に言われるが、そんな高度なこと自分からなんてとてもできないと小さく首を振ると、上顎を丁寧になぞられていく。

くるりと絡まった舌にぴくりと身体を震わせた。

「ティア」

こうするんだよ、とばかりにぬるぬると撫でられ、終わりが見えないそれにおずおずと自らも絡めた。

俺様全開が過ぎる。逃れられない。

こちらの少しと王子の少しにだいぶ隔たりがあり、この数時間だけでさまざまなキスを受け止め難易度が上がっていく。

しばらく絡め合い満足したようで、よくできましたとばかりに、ちゅっと音を立てて離れていくアンドリューの二人の唾液で濡れた唇から目が離せない。

私の視線に気づいたアンドリューは、ぺろりと赤い舌で舐める仕草を見せつけてくる。

「もう、むり……」

思わず呻いた。

本当、無理です。頑張りましたが、いろいろギブです。

キスだけなのに濃厚すぎてくったりだ。

根こそぎ体力気力を持っていかれて、もうどうにでもなれ状態でアンドリューにもたれかかっていた。

「仕方がないな。行きはこれくらいにしておこう」

鬼畜なセリフなんて聞こえません。

とにかく、これで終わることに安堵し、ふぅっと息を吐いた。

それと同時に、コンコン、と馬車の扉が鳴らされる。

「殿下。そろそろ出てきていただけないでしょうか?」

追随していた護衛の言葉に王子が小さくちっと舌打ちし、少し意識を覚醒させた私はアンドリューをうかがった。

「えっ?　もう着いてるんですか?」

「少し前にな」

「へっ」

えっ？　えぇっーっ⁉

ロイヤル馬車すごい。着いていたことがまったくわからなかった。そして王子はわかっていたと？　伯爵領に着いてるのにずっと出てこないって、周囲にどう思われてるのか考えるのが怖い。

ひぇーっと目を見開き驚く。そんな私を見たアンドリューはくすりと笑い「大丈夫だ」と告げる。

まったく大丈夫でありませんからっ‼

外で護衛騎士がもう一度扉を叩き、そろそろと促してくる。

「殿下。お願いですから」

「わかった。五分ほど待て」

「わかりました。ただ」

王族が命令すれば緊急事態でなければ聞くのが部下だ。だけど、騎士は言いにくそうに言葉を切った。さすがのアンドリューも何かあるかと、視線をドアのほうへと向けた。

「なんだ？」

「野菜たちが、なんというか、すごく待ちかねているようでして」

騎士の苦笑交じりの言葉に、私も見えないけれどドアのほうを向いた。

この向こうにシュクリュや隊長たちがいるのだろう。そして、騎士が戸惑うほどどっていったい何をしているのか。

当然だが着いたこともわからなかったくらいだから、外の気配はさっぱりだ。

もう一度視線を戻し、王子と顔を見合わせる。

「くっ」

「…………ははっ」

――もう、いろいろいたたまれないんですけどぉぉ～。

楽しげに笑いを漏らすアンドリューの腕の中で、見えてはいないだろうけど無垢な野菜たちの前でと思うと頭を抱えたくなった。

「で、殿下っ」

「慌てなくて大丈夫だ」

そこは慌ててほしい。そもそも、着いたことがわかっていたのにあの空気のままとかどういうことだろうか。

到着してから、いったいどれくらい経っているのだろう？

言葉通りほんの少しであってほしいと切実に願う。

まったく気づかなかったし、完全にアンドリューの作り出す空気に流されてしまった。

やっぱり、ありとあらゆるスペックが高すぎて太刀打ちができない。前世の情報があったところで何も役に立たず、目の前で起こることに対処するのでいっぱいいっぱいだ。

「ううっ」

「ははっ。ティアは楽しいな」

こちらは困っているのにひとりご機嫌な王子はもう置いておいて、とにかく待機しているであろう野菜たち。

護衛にも言われたのだから馬車から出ないとと、もぞもぞと身体を動かした。

だが、がっつり回されている腕は大して力を入れられていないように思えるのに、まったく動かない。

んぐぐぐぅっと殿下の胸板を押し、じとっと軽く恨みがましく見つめて訴える。

「殿下。出ましょう」

「ふっ。わかってる。だけど、ティアは立てないだろ？」

「？　……立てないってどういうことでしょう？」

「自分ではわからないか。なら、試しに立ってみろ」

そう言われてそっと下ろされると、殿下が言うように足腰に力が入らなかった。

立とうとする意志に反して、見事にふにゃあと崩れていく。

ぺたりと下に落ちる前に、アンドリューが支えるようにしっかりと抱きとめる。

「ほらな」

その声はとてもご満悦で、抱きしめられるまま顔が近くなったアンドリューを見ると、にやにやと楽しげに笑っている。

むぅっ、と思わず文句が口から出る。

「殿下のせいではないですか」

キスだけで腰を抜けさせといて、責任ないとは言わせません。

もう王子だとか身分は今は関係ないときっと睨んでみるが、ふっと笑われるだけ。

「まあな。でも、いちいち反応するティアも悪いと思うが」

「悪くありません」

「そうか？　そう言うなら俺が責任持って外まで運んでやろう。野菜たちも待っているようだしな」

「わぁっ、で、殿下」

少し屈んだかと思うと膝裏に手を差し込み軽々と私を姫抱きして、アンドリューは馬車を出る。

あっという間のことだった。なんの心構えもなく姫抱っこされて野菜たちの前とか困ると抗議する間もなく、外に出された私は強い日の光の眩しさに目を細める。

青い空が一面に広がり、その広さに現状を一瞬忘れてこうだったと懐かしさもこみ上げた。

爽やかな風が緑の匂いを運びしんみりしていると、それと同時にあわあわとばかりに手足をジタバタさせた艶やかなグリーンが飛んでいく。

「…………えっ？」

ちょっと待って。風が吹くような天気ではないし、さっき感じた風もそんな強いものではなかったのになんで飛んでるの？

その正体は絹さやだった。私が伯爵領にいる間には歩いていなかったが、報告は受けていたので絹さやのはずだ。

飛べるように進化した？

……違うはずだ。あの手足のジタバタ感からいって飛ばされてるのだ。なぜ？

「ぶっ、くくくくっ」

飛んできた方向を見ようと視線を巡らすと、その原因よりも先に気になるものが。

「ちょっと、みんな何してるの？」

「あはははっっ。…くっ、駄目だ。面白すぎるだろう」

アンドリューはすでに気づいていたようで、私が気づいたとわかると堪えることをやめたように身体を震わせた。

王子が笑うと、護衛たちも耐えきれないとばかりにくすくすと笑い出す。

私たちが乗ってきた馬車に、ラディッシュやミニトマトたちが野菜カーテンのようにぶらさがっていた。小さい野菜果物は手足があるので、手、足、手、足と掴み合い連なっている。

あっちこっちとぶらぶら揺れ、もしかしたら出てこないことに焦れて覗き込もうとしたのかもしれない。いくつかは揺れることが楽しくて仕方がないのか、それぇーっと揺れてぶつかってとても楽しそうだ。

それを手伝うように、カボチャやメロンのぽよんぽよん部隊の上に、ナスやキュウリといった野菜が乗り、今現在もよいせっとばかりにラディッシュたちを持ち上げている最中だった。

仲がよろしいのはなによりだが、だ。

「ほんと、何してるの……」

「……くっ。ふっくっ、くっ。ああー、お腹が痛いっ」

可愛いのだけども、けどもと思いながら彼らを見ていると、アンドリューがまた耐えきれないと新たな笑いを漏らした。

視線を上げると王子は違う方向を見ていたのでその視線の先をたどっていくと、空を飛んでいた絹さやが、ぺちぺちぺちぺちとほかの野菜たちに体当たりしているところだった。

「ああ〜。見事」

「ふっくく。確かに見事だな。ふっ」

ぶるぶるとアンドリューの笑う振動が伝わり、私もだんだんおかしくなってきた。

なぜか、大根やカブ、カリフラワーやトマトとある程度面積のある野菜にぶつかっていく絹さやたち。それは計算しているのだろうかっていうくらい、見事に緑系統以外の野菜にぺちぺちぺちっとくっついていく。

その光景に、笑いとともになんとも言えない気持ちがこみ上げた。

抱っこからの外で視界に入れるのに出遅れたが、久しぶりの光景がこれだと思うと楽しいねって笑うだけでは済まないというか、でも笑える。

アンドリューという賓客もいるわけで、王族を出迎えるにはあまりにもわちゃわちゃしすぎて緊張感がまるでない。

馬車の周囲は停車中に押しかける野菜たちに埋め尽くされたようで、最前列は警備するかのように両手を広げる手足生えの野菜たち。

王子の護衛騎士たちはさてどうしようと、少し離れたところでその様子を見守っている。

遠くのほうでは野菜に野菜が乗って、一番上のものがおおーいとばかりに手を振っていて、そのうちのいくつかが大きな葉で風を起こし、また絹さやが飛んできた。あれが原因だったようだ。ジタバタと手足を動かしながら、また絹さやが目の前を通り抜けていく。もしかしてジタバタではなくて手を振っているのかもしれないが、とにかく賑やかだ。

すごい歓迎ぶりに、自然と笑顔になる。

「ああ〜っと、みんなただいま」

挨拶とともに下に視線をやった。ずっと覚えのある圧を感じていたので、そこにいるのが誰かはわかる。

「カブ隊長！　ただいま」

仁王立ちした隊長が、むんすっとばかり腰に手を当てている。

伯爵領を出立するとき同様、私の黄色いリボンをつけて出迎えてくれたようだ。名を呼ぶとぴくっと動き、ゆらりとリボンが揺れた。ちょっとご機嫌斜めなようだ。

なぜかシュクリュは、大勢の野菜で作られた円の中にはいるが少し離れたところに座っている。

「シュクリュもただいま」

そのことを訝しく思いながら声をかけると尻尾を振るが、はっ、としたかのように止め、また我慢できずに振るということを繰り返す。

いったい、どうしたのか。

「非常に賑やかだな」

ぐるりと周囲を見回したアンドリューがくすっと笑い、最後に隊長、そしてシュクリュを見て私に視線を戻した。

碧色の瞳が太陽の下のせいか、いつもよりさらに薄く澄んだ色をしているように見えた。

「ええ。変わりないようです」

少しずつ違和感を覚えながらも、変わらぬ伯爵領の活気に帰ってきたのだと嬉しくて破顔する。

土の匂いに、元気な野菜たちの姿を見るだけでやる気に満ち溢れる。

「ふっ。カブ隊長だったか。ティアを下ろしてほしがってるようだから、そろそろ大丈夫か？」

「あっ、はい」

その言葉でいまだ姫抱っこのままだったことを思い出し、ぶんぶんと頷く。

そっと下ろされたがすぐに腰に手を回されて、結局アンドリューと密着している状態は変わらないがもう今更だ。

隊長がつんつん、とスカートを引っ張るので見下ろすとすっと片膝をついた。

それと同時に野菜たちが一斉に整列し同じような姿勢をとった。

「ふっ。見事だな……」

くくっと笑っているアンドリューの言葉は、野菜なのにと続くのだろう。

何を訓練したのか知らないが、野菜が騎士みたいに膝をついて、あっという間に花道ができた。

よくよく見れば大根は膝でなくて美脚を出しているし、その向こうでは足踏み人参が苦笑しているジョンの足元にいる。まだ踏まれているようだ。

足のないものはそこに静止しているだけだし、小さいものはふりふりとほかの野菜にぶら下がったりしている。

統制されてはいるが、それぞれの性質で実に伸び伸びとしていて、ふふふっと心からの笑みを浮かべた。

「この光景は大事にしたいな」

「はい」

アンドリューの楽しそうな声、野菜たちが受け入れられ認められていることがとても嬉しくて、力一杯頷いた。

腰に回された力強い手は心強く、強引だけれども王子がいるともっとうまくいくような気がする。

「みんな、出迎えありがとう。またしばらく一緒に頑張りましょうね」

視線を下げると、まるっとした白いボディを左右に揺らし、青々とした葉に黄色いリボンの隊長が、よっと片手を上げた。

シュクリュもぶんぶんと尻尾を振っている。

ほかのお野菜たちもまたわっと沸くように楽しそうに動き出し、その自由な動きは見ていて気持ちがほこほこする。

俺も忘れるなときゅっと腰に回された手に力を込められたので見上げると、アンドリューのすべてを見透かすような澄み渡る空の色のような力強い碧眼と視線が合った。

成し遂げる力を持つ意思の強い瞳には、私を包み込むような深い愛情が浮かんでいる。

馬車の中でのことを思うと単純に喜んでばかりはいられないが、こんなにも心強い人はいない。

「殿下もお力添えを、どうぞよろしくお願いします」

「ああ。もちろんだ。ティアの大事なものを俺も一緒に守っていこう」

アンドリューの言葉は心を打ち、頬が緩む。

俺様でぐいぐいくる王子とのこれからも考えなければならないが、その王子がいるのならこの伯爵領を、北部を野菜たちと盛り上げていけると思える。

期待に高鳴る胸に晴れやかな気分になり、私は心の底から笑った。

新＊感＊覚ファンタジー！

レジーナブックス Regina

夫を鍛え直し
ハッピー領地改革

魅了が解けた元王太子と結婚させられてしまいました。

～なんで私なの⁉
勘弁してほしいわ！～

金《かな》峯《みね》蓮《れん》華《げ》

イラスト：桑島黎音

貴族令嬢のミディアは、かつて悪女の魅了魔法にかかり「やらかして」しまった元王太子のリカルドと結婚してくれないかと、両親と国王夫妻に頼まれる。ところが、現在は事件の責任をとって公爵として領地にひきこもっているリカルドは、すっかり後ろ向き。仕方なく彼女は、夫となったリカルドを叱咤激励し、前を見るように仕向けていく。やがて彼は少しずつ逞しくなり、生来の誠実さを見せ始めて——⁉

詳しくは公式サイトにてご確認ください。

https://www.regina-books.com/

携帯サイトはこちらから！

新＊感＊覚ファンタジー！

Regina レジーナブックス

ブサカワ令嬢は強し!?

ブサ猫令嬢物語

～大阪のオバチャン（ウチ）が悪役令嬢やって？　なんでやねん！～

神無月《かんなづき》りく

イラスト：綾瀬

ある日、大阪のオバちゃんだった前世を思い出したブサ猫そっくりな公爵令嬢ジゼル。自分が乙女ゲームの悪役令嬢であることにも気付いた彼女は断罪されないため奮闘する……までもなく、王太子の婚約者選びのお茶会にヒロインが闖入したおかげであっけなく断罪を回避する。これを機に温泉や乗合馬車などの新事業に取り組み始めるジゼルだけれど、新事業が評判を呼んだせいでヒロインに目を付けられて——

詳しくは公式サイトにてご確認ください。

https://www.regina-books.com/

携帯サイトはこちらから！

この作品に対する皆様のご意見・ご感想をお待ちしております。

おハガキ・お手紙は以下の宛先にお送りください。

【宛先】

〒150-6008 東京都渋谷区恵比寿 4-20-3 恵比寿ｶﾞｰﾃﾞﾝﾌﾟﾚｲｽﾀﾜｰ 8F
（株）アルファポリス　書籍感想係

メールフォームでのご意見・ご感想は右のＱＲコードから、
あるいは以下のワードで検索をかけてください。

アルファポリス　書籍の感想　検索

ご感想はこちらから

本書は、「アルファポリス」（https://www.alphapolis.co.jp/）に掲載されていたものを、
改題、改稿、加筆のうえ、書籍化したものです。

自由気《じゆうき》ままな伯爵令嬢《はくしゃくれいじょう》は、腹黒王子《はらぐろおうじ》にやたらと攻《せ》められています

橋本彩里（はしもと あやり）

2023年 12月 5日初版発行

編集－桐田千帆・森 順子
編集長－倉持真理
発行者－梶本雄介
発行所－株式会社アルファポリス
〒150-6008 東京都渋谷区恵比寿4-20-3 恵比寿ｶﾞｰﾃﾞﾝﾌﾟﾚｲｽﾀﾜｰ8F
TEL 03-6277-1601（営業） 03-6277-1602（編集）
URL https://www.alphapolis.co.jp/
発売元－株式会社星雲社（共同出版社・流通責任出版社）
〒112-0005 東京都文京区水道1-3-30
TEL 03-3868-3275
装丁・本文イラスト－武田ほたる
装丁デザイン－AFTERGLOW
（レーベルフォーマットデザイン—ansyyqdesign）
印刷－中央精版印刷株式会社

価格はカバーに表示されてあります。

落丁乱丁の場合はアルファポリスまでご連絡ください。

送料は小社負担でお取り替えします。


ISBN978-4-434-32966-1 C0093